致青春——『青春诗会』40年

肆

第一卷（第一届—第五届）
第二卷（第六届—第十届）
第三卷（第十一届—第十五届）
第四卷（第十六届—第十九届）
第五卷（第二十届—第二十三届）
第六卷（第二十四届—第二十七届）
第七卷（第二十八届—第三十二届）
第八卷（第三十三届—第三十六届）

《诗刊》社 编

中国书籍出版社
China Book Press

图书在版编目（CIP）数据

致青春：“青春诗会”40年：全八卷. 第四卷 / 《诗刊》社编. — 北京：中国书籍出版社, 2021.5
ISBN 978-7-5068-8464-8

Ⅰ. ①致… Ⅱ. ①诗… Ⅲ. ①诗集—中国—当代
Ⅳ. ①I227

中国版本图书馆CIP数据核字（2021）第077884号

致青春——“青春诗会”40年：全八卷·第四卷

《诗刊》社　编

图书策划　王晓笛　武　斌
责任编辑　邹　浩
特约编辑　罗路晗
责任印制　孙马飞　马　芝
装帧设计　旺忘望
出版发行　中国书籍出版社
地　　址　北京市丰台区三路居路97号（邮编：100073）
电　　话　（010）52257143（总编室）　（010）52257140（发行部）
电子邮箱　eo@chinabp.com.cn
经　　销　全国新华书店
印　　刷　三河市华东印刷有限公司
开　　本　880毫米×1230毫米　1/32
字　　数　245千字
印　　张　7.75
版　　次　2021年5月第1版
印　　次　2021年5月第1次印刷
书　　号　ISBN 978-7-5068-8464-8
定　　价　480.00元（全八卷）

目录

第十六届

第十七届

第十八届

第十六届

第十六届（2000 年）

时间：

2000 年 4 月 24 日 ~ 27 日

地点：

广东肇庆鼎湖山

指导老师：

叶延滨、宗　鄂、邹静之、周所同

参会学员（12 人）：

汗　漫、殷常青、老　刀、宋志刚、江一郎、陈朝华、芷　泠、田　禾、姜念光、起　伦、耿国彪、安　琪

第十六届“青春诗会”期间，指导老师与学员合影。前排左起：汗漫、安琪、芷泠、老刀、宋志刚；后排左起：陈朝华、起伦、寇宗鄂、姜念光、耿国彪、殷常青、叶延滨、邹静之、江一郎、周所同

诗人
档案

汗漫（1963~　），原名余向东。河南唐河人，现居上海。诗人、作家。2000年参加《诗刊》社第十六届“青春诗会”。著有诗集、散文集《片段的春天》《漫游的灯盏》《水之书》《一卷星辰》《南方云集》《居于幽暗之地》《解词与造句》等。曾获《星星》诗刊“跨世纪诗歌奖”（1998年度），《诗刊》“新世纪十佳青年诗人”（2000~2009），《人民文学》诗歌奖（2007年度、2014年度）等奖项。

在会兴镇

汗　漫

黄河在会兴镇拐大弯
像一个人转身看了往事一眼
再回头继续赶路
三十年代，一个冬天
萧红与萧军自武汉而来，乘船过河
在对岸转身看了河南一眼

我在河南出现得很晚
在茅津渡口出现得更晚
黄河大桥让渡船失意
两岸渡口间的关系
被不息的鲤鱼和流水维护
萧红与萧军，到临汾后就分手了

言辞弱于鲤鱼和流水？
抒情的人，败于叙事的时代
我在会兴镇住了一夜
对岸灯火，已经属于灿烂的山西籍
像河床上的爱人翻过身去
睡在她自己的秘密里

在会兴镇

◎汗漫

黄河在会兴镇拐大弯
像一个人转身看了往事一眼
再回头继续赶路。
三十年代，一个冬天，
萧红与萧军自武汉而来，乘船过河
在对岸转身看了河南一眼。

我在河南出现得很晚
在茅津渡口出现得更晚。
黄河大桥让渡船失意。
两岸渡口间的关系
被不息的鲤鱼和流水维持。
萧红和萧军，到临汾后就分手了。

言辞的力量弱于鲤鱼和流水？
抒情的人，败于叙事的时代。
我在会兴镇住了一夜。
对岸灯火，已经属于灿烂的山西籍
像河床上的爱人翻过身去
睡在她部首的秘密里。

2018年5月作于上海

诗人档案

殷常青（1969~　），出生于陕西眉县，现供职于华北油田。曾参加《诗刊》社第十六届“青春诗会”。中国作家协会会员。出版有《小时光》《岁月帖》《春秋记》《沿途》《纸上烟岚》等诗歌、散文随笔、评论集二十余部。先后获河北省首届孙犁文学奖，第二、三、四届中华铁人文学奖，河北文艺评论奖，河北省十佳青年作家，中国石油十佳艺术家，河北省德艺双馨文艺家等奖项和荣誉称号。

午夜的钢琴曲

殷常青

雷电迅速过去，把午夜充满
把漆黑的背影和停止的飞翔
分开。泻下的雨水——

把午夜清扫得那么明净
深远。一只苍老的鹰
一片风暴的叶蔟代表永远

琴键在午夜继续——
船沿着水面滑行
一朵桃花运载春天

一支午夜的钢琴曲是最早的箴言
一道文字的伤疤是我们缄默的口

一柄冰冷的剑割开篝火

我们被抚摸到肝脏
被音乐的手紧紧握住
夜色的黑，被轻轻掸去

我们穿上水做的外套
我们的血高举着骨头
舞蹈在这午夜的蜜蜂群中

琴键在午夜继续跳跃——
雨点般的喘息
雨点般的心跳

一支午夜的钢琴曲就是永远
一道雷电就是意志
一滴血走在漆黑的路上

午夜，二十四只有血有肉的老虎
跑进我的诗行，和大地的黎明
我感到了世界的拥抱！

午夜的钢琴曲

殷常青

雷电迅速退去，把午夜充满，
把漆黑的背影和停止的飞翔
分开。落下的雨水——

把午夜清扫得那么明净，
洁净。一只苍老的鹰，
一片风暴的叶孩代表永远。

琴键在午夜继续——
船沿着水面滑行，
一朵桃花运载春天。

一支午夜的钢琴曲是最早的寓言，
一座立着的伤疤是我们沉默的口，
一柄冰冷的剑割开蓄火。

我们被旋摸到肝脏，
被音乐的手紧紧握住，
夜色的黑，被轻轻掸去。

琴键在午夜继续跳跃——
雨点般的喘息，
雨点般的心跳。

一支午夜的钢琴曲就是永远，
一道雷电就是意志，
一滴血走在漆黑的信上。

午夜，二十四只有血有肉的花朵，
跑进我的诗行，和大地的家乡，
我感到了世界的拥抱！

《诗刊》2001年第10期"朗诵屋"

诗人档案

老刀（1964～　），湖南株洲人，现居广州。2000年参加《诗刊》社第十六届“青春诗会”。获首届徐志摩诗歌奖、新世纪首届《北京文学》奖诗歌二等奖、《诗潮》2014最受读者欢迎新诗奖等。其诗集《打滑的泥土》获广东省第十四届新人新作奖；报告文学集《力缚狂魔》获第三届金盾图书奖。

关于父亲万伟明

老　刀

一

万里涛摸了摸右腹
说父亲经常这里痛
我心一沉
突然领悟到母亲
捎信叫我回家看看的意思
一直没能回去
那只剩下一棵枣树的山冲
离广州不只是八个小时火车
再加一段需要摸黑行走的山路

二

万里涛将湖南的酒带过来
说父亲已经不再喝了

我记得父亲有起床喝一杯酒的习惯
干一会儿活，进来喝一小杯
饭前一小杯
不像我们就着菜敞开嗓子喧哗
父亲喝酒很快，赤着脚，
裤管也不放下，站在酒坛子前
连脖子都不用仰起就喝好了
父亲说下田前喝一小杯酒
再咬骨头的水都不冷

三

二十三年前的大年三十
父亲拔掉一颗牙，病了十多年
我在他去医院留下来的那条山路上
将谷子挑到山的那边去
碾了米再从万福冲带回来
十三岁的眼睛，望着不敢哭出来的夜
在茶树林中的山路上歇息
父亲六十多岁了
他掉这两颗牙齿已经不痛了
一颗感到有些动摇
手伸进嘴里一提
牙就在指上了
还有一颗
吃饭前还在
吃完饭就不见了

四

今天我才明白三十五年来
我为什么一直害怕青蛙
浮在坝子里，坐在口子旁
跪在田埂上
瘦，瘪着大嘴不爱说话

五

万里涛回湖南去了
不知道医生检查出了什么
我呆呆地望着，榕树就走动起来
穿一双只能当拖鞋的解放鞋
一步一步发出节奏单一的啪啪声
父亲穿过他一直看不起
摆在稻田旁的两桌麻将
径直来到他的菜地
放下嘴部闪着白光的锄头
一个黑点
在辣椒树中浮动
把山沟里的孤独连成一片
难得一次探亲假
我不主动过去
父亲已不像我儿时那样
非得叫我蹲在旁边
父亲的肩膀上
散落着一层白白的头屑
我伸出手，拍落的不仅有禾毛子
还有广州的疼痛

关于父亲万伟明

(一)　　　　　　　　　　　　　　与刀

万里涛摸了摸右腹
说父亲经常这里疼，我心一沉
突然领悟到母亲捎信叫我回家看看的意思
一直没能回去
那片只剩下一棵黑枣树的山中
离广州不止是八小时火车
再加一段需要摸黑行走的路

(二)

万里涛将闽南的酒带过来
说父亲已经不再喝了
我记得父亲起床有喝一杯的习惯
干一会活进来喝一小杯饭前一小杯
不像我们就着菜敞开嗓子喧哗
父亲喝酒很快 赤着脚裤管都不放下
站在酒坛子前
不用仰起脖子就喝好了
他说下田前喝一小杯酒
再咬骨头的冰都不冷

（三）

二十三年前的大年三十
父亲拔掉一颗牙痛了七多年
我在他去医院留下来的山路上
将谷子挑到山的那边去
碾了米再从万仗冲挑回来
十三岁的眼睛望着不敢哭出来的夜
在茶树林中歇息
父亲老了 掉六十岁这两颗牙
他已经感觉不到痛了
一颗感到有些动摇
手指伸进嘴里一提
牙就在手指上了
还有一颗吃过饭就不见了

（四）

今天我才明白这十多年来
我[illegible]一直写给青春
这会在坝子里坐在门口高
跪在田埂上
瘦瘦瘪着大嘴不说话

五月

万里捧回胸前去了
不知道医生检查出了什么
我呆呆地望着 木杏树 就走动起来
穿一双只能当拖鞋的解放鞋
一步一步 发出节奏单一的啪嗒啪嗒声
父亲穿着他一直舍不得丢的
摆在病房门口的桌子旁
径直来到他的菜地
放下嘴却闪着白光的铝勺
一个黑点
在辛辣的树枝中浮动
把山沟里的孤独连成一片
难得一次探亲假
我不主动走去
父亲已不像我小时那样
那样将我拉在他的身边
父亲的肩膀上
散落着一层白白的头屑
我伸出手指摸到的不仅有头屑子
还有说不出的疼痛

2000年第十六届青春诗会诗选
2020年五月抄录 老刀

诗人档案

宋志刚（1969~ ），长沙人。二十世纪九十年代开始诗歌创作。参加过2000年《诗刊》社第十六届“青春诗会”。停笔十四年后2014年开始重新尝试写作。诗歌散见《诗刊》《星星》《草堂》《散文诗》等刊，有诗入选《〈诗刊〉创刊60周年诗歌选》等选本。

黄昏沙石场

宋志刚

一堆，一堆大江的碎骨。用生命掏
用一望无际的苍茫掏，旷世的声响
吹乱落日的长发

我站在砂石场对面。一群人与我遥望
他们暗自的欢乐打动着大风，他们的忙碌
让人惊讶。苏醒的石粒高过头顶，他们用
十倍的伤把波浪推远

大江劈开落日
上面一半照亮劳动，下面一半
喊住谁的一生？
深入水，深入筋骨，他们的赞叹
红彤彤地铺满江面。

我开始有了飞翔的愿望，自由的风
打开内心，对岸的砂石场又近又远
一个裸露脊背的人开始转身。直立的身影
在大风中努力伸展

黄昏如水之刻，一颗心在颤动……
一匹巨大的黑绸
被砂石场灯塔点燃，秘密的声响
挑开春天的耳朵

黄昏砂石场

宋志刚

一堆，一大堆大江的碎骨。用生命掏
用一望无际的苍茫掏，旷世的声响
吹乱落日长发

我站在砂石场对面，一群人与我遥望
他们暗自的欢乐打动着大风，他们的忙碌
让人惊讶。苏醒的石粒高过头顶，他们用
十倍的伤把波浪推远

大江劈开落日
上面一半照亮劳动，下面一半
喊住谁的一生？
深入水，深入筋骨，他们的赞叹
红彤彤地铺满江面。

我开始有了飞翔的愿望，自由的风
打开内心，对岸的砂石场又近又远
一个裸露着背的人开始转身，直立的身影
在大风中努力伸展

黄昏如水之刻，一颗心在颤动……
一匹巨大的黑绸
被砂石场的灯塔点燃，秘密的声响
挑开春天的耳朵。

1998.4.于长沙

刊于《诗刊》

诗人档案

陈朝华（1969～ ），生于广东潮阳，祖籍广东普宁。诗人，资深媒体人。2000年参加《诗刊》社第十六届“青春诗会”。主持创办《南都周刊》及《南都娱乐周刊》。华语文学传媒大奖发起人、中国建筑传媒奖发起人，中国乡村儿童大病医保公益基金核心发起人之一。

与股市相遇

陈朝华

一

与股市相遇
看见拥挤的热血都变成了手续费
金融时代的神话
一夜暴富是人们共同的信仰
他们接受金币的割礼
灵魂在一次次交易中
被打印成一张自负盈亏的清单

被套牢的是命运！瞬间的欢愁
吞噬着激情，人们用生命纳税
时间之河上
跌宕起伏的K线图像锯齿
切割着人性的贪婪

二

变幻莫测的电子显示牌上
飞红走绿的价格
像被抽空意义的诗行

人们专注地阅读
浮躁的欲望
一会儿涨停　一会儿跌停

他们指梦为马
用善良作技术分析
即使愿望总是背道而驰

他们仍然怀旧　痴情不变
在挫折面前　观察自己的理想
他们心中的火　照亮经济的栋梁

三

他们也许会失去理智
但不会失去情感
这些善良的股民
以失血的声音呼唤着规范　规范

他们以生命投资

在无形席位上来回奔跑
胸中燃烧着乌托邦的火焰
所有的希望在业绩的天空中共存共享

他们把创富当成自己的最高梦想
即使行情低迷
也相信下一个交易日就是春天
他们是股市中最让人感动的容颜

四

与股市相遇，看见希望交替失望
挺住，意味着选择坚强

股市是人性的失乐园
是心理医生没完没了的考卷

别害怕欲望没有固定的答案
失去欲望才是最大的风险

如果陷阱只是一种想象
交易大厅也可以是古老教堂的排演

在角逐金币的情感边缘
让股民看见温暖人心的灯盏

心有所属是幸福的！躁动的都市
找到了老少同集的抒情方向

五

与股市相遇
在买进卖出的细节中
注释生命的段落

当指数之花败了又开
人性的弱点像一根粗壮的琴弦
风吹草动的交响
炒动着温柔的惊险

这是一幅当代灵魂的清明上河图
每个人　都可以有自己的预言
并在震荡的市场中承受现实的考验
在金币的背面
每个人都可以看清自己的力量

与股市相遇

陈红英

一

与股市相遇
看见拥挤的热血都变成了手债券
金融时代的神话
一夜暴富是人们共同的信仰
他们接受金币的洗礼
灵魂在一次次交易中
被打印成一张自负盈亏的清单

被套牢的是命运！瞬间的欢乐
吞噬着激情，人们用生命纳税
时间之河上
跌宕起伏的K线图像锯齿
切割着人性的贪婪

二

变幻莫测的电子显示牌上
飞红走绿的价格
像被抽空意义的诗行
人们专注地阅读
浮躁的欲望

一会儿涨停 一会儿跌停
他们指鹿为马
用善良作技术分析
即使愿望总是背道而驰

他们仍然怀旧 痴情不变
在指针面前改变自己的理想
他们心中的火 照亮经济的桥梁

三

他们也许会失去理智
但不会失去情感
这些善良的股民
以失血的声音呼喊着 救花 救花

他们以生命投资
在无形的跑道上来回奔跑
胸中燃烧着乌托邦的火焰
所有的希望在世纪的天空中共存共享

他们把创富当成自己的最高梦想
即使行情低迷
也相信下一交易日就是春天
他们是股市中最让人感动的容颜

四

与股市相遇，看见希望交替失望
把住，意味着选择坚强

股市是人性的失乐园
是心理医生没完没了的考卷

别害怕欲望没有固定的答案
失去欲望才是最大的风险

如果飞翔只是一种想象
交易大厅也可以是古老教堂的排演

在角逐金币的情感边缘
让股民看见温暖人心的灯盏

心有所属是幸福的！躁动的都市
找到了老乡城缘的抒情方向

五

与股市相遇
在买进卖出的细节中
注释生命的段落

当指数之花谢了又开
人性的弱点像一根粗壮的琴弦
风吹草动的交响
拨动着温柔的惊险

这是一幅当代灵魂的清明上河图
每个人，都可以有自己的预言
并在震荡的市场中承受现实的考验
在金币的背面
每个人都可以看清自己的力量.

1997年8月16-17日初稿于上海
2000年5月定稿于鼎湖山并刊发《诗刊》
2020年5月28日手抄于深圳.

诗人档案

芷泠（1975~　），女，又名止聆。诗人，哲学博士，佛教文学老师。现居深圳。2000 年参加《诗刊》社第十六届“青春诗会”。曾出版诗集《芷泠诗选》。诗歌散见于《诗刊》《诗歌月刊》《诗选刊》等，入选多种最佳诗歌选本。

结　束

芷　泠

我从我的诗歌中退出，让它
在它的记忆中自由行走

我对大地的幻想已结束
像我的过去，随时被未来终止

凡我站过的地方都变成远方
凡我爱过的人都背对大海

当我移开脚步
世界占去了我原来的位子

拿去吧，我的幼年，亲吻，歌声……
拿去，我的最后一口空气和水

别问我能带走什么
别问我带走的属于谁

我是一小部分一小部分地离去
先是阴影，骄傲，然后是船和梦境

最后是我的上唇和下唇
它们仍坚守着相爱的方式：缄默

凡我说过的话都已经变成了我的身体
或者狮子，或者森林

凡忘记我的事物都急于进入我
于是，我喝黑夜，我喝自己的呼吸

我喝下一整条河流
我继续喝而大海继续干枯

我喝下了时间，它没有路标
它没有出生和死亡，它仍然没有想起我

身后的世界突然为我开门
或者门一直会为我打开。我没有返回

结束

芷泠

我从我的诗歌中退出，让它
在它的记忆中自由行走

我对大地的幻想已结束
像我的过去，随时被未来终止

凡我站过的地方都变成远方
凡我爱过的人都背对大海

当我移开脚步
世界占去了我原来的位子

拿去吧，我的幼年，亲吻，歌声……
拿去吧，我的最后一口空气和水

别问我能带走什么
别问我带走的属于谁

我是一小部分一小部分地离去
先是阴影，骄傲，然后是船和梦境

最后是我的上唇和下唇
它们仍坚守着相爱的方式：缄默

凡我说过的话都已经变成了我的身体
或者狮子，或者森林

凡忘记我的事物都急于进入我
于是，我唱黑夜，我唱自己的呼吸

我唱下一整条河流
我继续唱而大海继续干枯

我唱下了时间，它没有路标
它没有出生和死亡，它仍然没有想起我

身后的世界突然为我开门
或者门一直会为我打开。我没有返回

2003.7.7

诗人档案

田禾（1965～　），原名吴灯旺。出生于湖北大冶。已出版《喊故乡》《野葵花》《在回家的路上》《乡野》《田禾诗选》《窗外的鸟鸣》等中文诗集十五部，出版俄文、日文、韩文、阿拉伯文、土耳其文和英文印地文双语等外文诗集九部。诗歌被选入近四百种中外重要诗歌选本和人民教育出版社、北京师范大学出版社等编辑出版的六种大学语文教材。曾获第四届鲁迅文学奖、《诗刊》华文青年诗人奖、徐志摩诗歌奖、《十月》年度诗歌奖、刘章诗歌奖、闻一多诗歌奖、2018中国十佳当代诗人、湖北文学奖、湖北省政府屈原文艺奖等三十多种奖项。

喊故乡

田　禾

别人唱故乡，我不会唱
我只能写，写不出来，就喊
喊我的故乡
我的故乡在江南
我对着江南喊
用心喊，用笔喊，用我的破嗓子喊
只有喊出声、喊出泪、喊出血
故乡才能听见我颤抖的声音

看见太阳，我将对着太阳喊
看见月亮，我将对着月亮喊
我想，只要喊出山脉，喊出河流
就能喊出村庄
看见了草坡、牛羊、田野和菜地

我更要大声地喊。风吹我，也喊
站在更高处喊
让那些流水、庄稼、炊烟以及爱情
都变作我永远的回声

喊故乡

田禾

别人唱故乡，我不会唱
我只能写，写不出来，就喊
喊我的故乡
我的故乡在江南
我对着江南喊
用心喊，用笔喊，用我的破嗓子喊
只有喊出声，喊出泪，喊出血
故乡才能听见我颤抖的声音

看见太阳，我将对着太阳喊
看见月亮，我将对着月亮喊
我想，只要喊出山脉，喊出河流
就能喊出村庄

看见了草坡、牛羊、田野和菜地
我更要大声地喊。风吹我，也喊
站在更高处喊
让那些流水、庄稼、牧场以及爱情
都变作我永远的回声

2000年

诗人档案

姜念光（1965~　），山东省金乡县人，现居北京。系中国作家协会会员。作品见于各种文学报刊与图书，入选多种选本。2000年参加《诗刊》社第十六届“青春诗会”。著有诗集《白马》《我们的暴雨星辰》，另有散文随笔、评论及学术文章若干。曾获第十一届闻一多诗歌奖、第七届鲁迅文学奖提名、第二届丰子恺散文奖等奖项。

首都诗行

姜念光

从周一到周六，他的作品无法完成。
宛如一只大鸟盘旋，迟迟不肯落下。
一个人把皇帝的名册读到了现代，
又掩卷倾听着喧嚣的荷马。

总共有八千里空想，三十岁功名，
由于敬畏，由于缺乏滚石的力量，
他才用一对乌云在半空久久悬挂。

“但若没有抵达，还为什么飞行；
若没有海伦，为什么还要特洛伊。”
所以他终究要接触大地，
在尘土的位置上迎候民众。

他趁机把渲染的事物落到广场上。
“让诗歌押上时代的韵脚吧！”
像一位终于现身的英雄，他叫喊着，
来回走动，迫使喷泉涌出地面。

首都诗行

从周一到周六，他的作品无法完成。
它如一只大鸟盘旋，迟迟不肯落下。
一个人把皇帝的名册读到了现代，
又掩卷倾听着喧嚣的荷马。

总共有八千里空想，三十字功名，
由于敬畏，由于缺乏滚石的力量，
他才拥一对乌云在半空久久悬挂。

“但若没有抵达，还为什么飞行；
若没有海伦，为什么还要特洛亚。”
所以他终究要接触大地，
在尘土的位置上迎候民众。

他趁机把渲染的事物落到广场上。
"让诗歌押上时代的韵脚吧！"
像一位终于现身的英雄，他叫喊着，
来回走动，迫使喷泉涌出地面。

此诗为参加十六届"青春诗会"作品。時在2000年7月，广东。

夏念光抄于2020年4月23日.

诗人档案

起伦（1964~　），本名刘起伦，湖南祁东人。1988年尝试诗歌创作，诗作散见于几十家海内外名刊和几十种选本。曾获《诗刊》《解放军文艺》《创世纪》等刊物诗歌奖和2016湖南年度诗人奖、2019《芳草》年度诗人奖，2000年参加《诗刊》社第十六届"青春诗会"和第七届《诗刊》社"青春回眸"诗会（2016年）。2018年尝试小说创作，已在《解放军文艺》《湘江文艺》《绿洲》《黄河文学》《文学港》等刊发表中短篇小说若干，部分作品被《小说月报》《海外文摘》转载。参加过2018年全军小说笔会。

在贵港看日落

起　伦

对空旷的原野来说，落日
是一种慷慨的陈述与散文
黄昏的壁画，归鸟之翅
抹下一道神秘的金黄
而我，孑然一身的外省人
坐在贵港这南方小城之郊的岗子上
看日落，一种进行时
一种暗示渐渐清晰，坚定
譬如眼前这座山
时间呈现它自己的法则
微风过处，树们摇头晃脑
像先贤们正在喋喋不休的说教
而我不能够修炼得无嗔无怨
譬如今日，落日之于我

犹如阴影里沉思的黑蚂蚁
感受到一朵玫瑰的凋谢，强烈而温馨
我常扪心自问，在贵港看日落
能否守住内心的宁静
一如虫儿，不会迷失自己的草地
偶尔的鸣叫闪烁其间
引发我不经意的叹息
“没有孤独，我将更加孤独。”

在贵港看日落

赵伦

对岑寂的原野来说，落日
是一种慵懒的陈述与散文
黄昏的壁画，归鸟之翅
抹下一道神秘的金黄
而我，孑然一身的外省人
坐在贵港这南方小城之郊的岗子上
看日落，一种进行时
一种暗示渐渐清晰，坚定
譬如眼前这座山
时间呈现它自己的法则
微风过处，树们摇头晃脑
像先贤们还在喋喋不休的说教
而我不能够修炼得无嗔，无怨
譬如今日，落日之于我
犹如阴影里沉思的黑蚂蚁
感受到一朵玫瑰的凋谢，嗅到而温馨
我常扪心自问，在贵港看日落

能否守住内心的宁静
一如出山，不会迷失自己的草地
偶尔的鸣叫闪烁其间
引发我不经意的叹息
“没有孤独，我将更加孤独。”

2000年3月27日 黄港

（此作原发于《诗刊》2000年8期，第十六届“青春诗会”专号。）

诗人档案

耿国彪（1972~　），河北雄县人。学生时代开始创作，曾在《诗刊》、《星星》诗刊、《人民日报》、中央电视台、中央人民广播电台等各种媒体发表作品千余篇（首）。2000年参加《诗刊》社第十六届“青春诗会”。出版诗集《诱惑》《留守的男人》《筑梦北京》，摄影配诗集《羽翔蓝天》《大地精灵》等多部；获新世纪《北京文学》奖、关注森林新闻奖等各种奖项数十次。

初　冬

耿国彪

伸出手就要摸到那条河了
冰层下面水在流动

大地无声
薄雾中凝结的河堤
看到飘飞的雪花
一只水鸟从天空归来
恢复了平静

谁也不能走远
雪花下的河流
像刚刚进入的梦境
稚嫩而脆弱
苍茫的堤岸上

停泊着风的吹拂

这是一个初冬的早晨
拨开薄薄的雾幛
我看到一条河流
一些细碎的雪花
我听到水流动的声音
和一只鸟的降落

初冬

伸出手就要摸到那条河了
冰层下面水在流动

大地无声
薄雾中凝结的河堤
看到飘飞的雪花
一只鸟从天空归来
恢复了平静

我也难以走过
雪花下的河流像刚刚进入梦境
我的生命脆弱
苍茫的堤岸上
停泊着风的吹拂

这是一个初冬的早晨
拉开薄薄的雪帏
我看到一条河流
一些细碎的雪花
我听到水流动的声音
和一只鸟的降落

2000年春 耿国彪于北京

诗人档案

安琪（1969~　），女，本名黄江嫔，生于福建漳州。现居北京。中国作家协会会员。参加《诗刊》社第十六届“青春诗会”（2000年）和第十届《诗刊》社“青春回眸”诗会（2019年）。独立或合作主编有《中间代诗全集》《北漂诗篇》《卧夫诗选》。出版有诗集《极地之境》《美学诊所》《万物奔腾》及随笔集《女性主义者笔记》《人间书话》等。曾获《诗刊》社“新世纪十佳青年女诗人”、柔刚诗歌奖、《北京文学》重点优秀作品奖、《诗刊》社中国诗歌网“年度十佳诗人”、《文学港》储吉旺文学奖等奖项。

福　建

安　琪

年轻时我想脱去的故乡
我极力想脱去的故乡，如今还在我身上
并已咬住了我的骨血
我和它曾有的紧张关系
我和它的恩怨，都已被
时间葬送。我悲喜交加
写下：
没有更好的故乡生下我
没有更好的故乡哺育我
也许有
但我已命定属于你
我的第一声啼哭属于你
我的第一次欢笑属于你
我踩出的第一个脚印、写出的第一个汉字

属于你

我爱上的第一个人

我爱上的最后一个人，都属于你

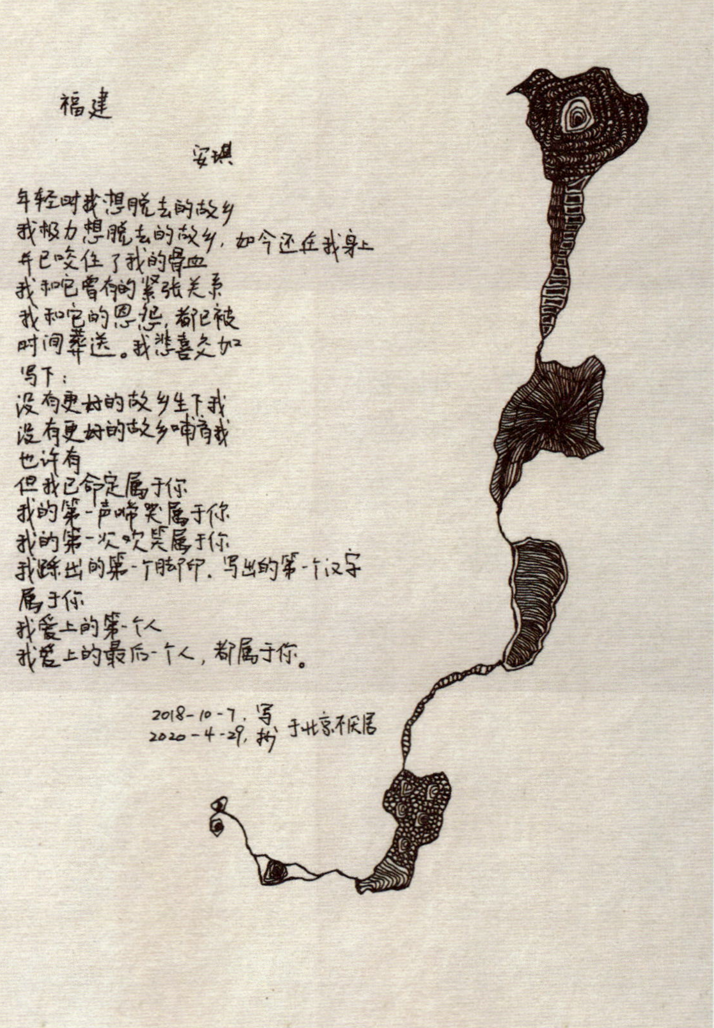

福建

安琪

年轻时我想脱去的故乡
我极力想脱去的故乡，如今还在我身上
并已咬住了我的骨血
我和它曾有的紧张关系
我和它的恩怨，都已被
时间葬送。我悲喜交加
写下：
没有更好的故乡生下我
没有更好的故乡哺育我
也许有
但我已命定属于你
我的第一声啼哭属于你
我的第一次欢笑属于你
我踩出的第一个脚印，写出的第一个汉字
属于你
我爱上的第一个人
我爱上的最后一个人，都属于你。

2018-10-7，写
2020-4-29，抄 于北京不厌居

第十六届"青春诗会"日记

知　欧

2000 年 4 月 24 日　星期一　晴

今天是报到日。昨晚八时左右，我们住进了肇庆鼎湖山广东作家山庄，本届"青春诗会"就在这里召开。肇庆古称端州，我国历史上四大名砚之首端砚就出自这里。鼎湖山正处在北回归线上，是国家重点自然保护区，与距此不远的七星岩风景区，同为岭南著名的旅游胜地。在主人盛情的安排下，利用上午报到的间隙，我们游览了七星岩风景区。水中有山、山中有洞、洞中有湖的七星岩确实很美，虽然是走马观花一掠而过，但七星岩的美已改变了我们的心情。仿佛读了一首好诗，那种说不出的意会和感觉，唯有自知了。

晚上八时整，本届"青春诗会"开幕式在作家山庄的小会议室准时召开。从全国各地星夜兼程，一路劳顿赶来的十二位诗人如期到会，来的最早的要数北京的耿国彪了，当我在京还未去机场之前，就接到他从广州火车站打来的电话，而来的最晚的是浙江温岭的江一朗，刚才，静之和我还一直担心他没有收到参会通知呢。一眨眼的工夫，这位留着大胡子，浑身散发着现代派气息的瘦削的诗人飘然而至。令人怀疑他就躲在附近的灌木丛里。而此行倍受磨难的当属湖北的田禾了。这个一边写着清贫的乡土诗，一边又做生意赚大钱的亦商亦文的青年

汗漫、叶延滨、陈朝华、邹静之、老刀（左起）在诗会期间合影

人出师不利。还未动身时，机票、身份证、诗稿、汇票、为数不薄的现金，被小偷掠劫一空。空中走不成了，只好追着地上的车轮跑。拿他的话说，这届“青春诗会”对他而言是末班车了，无论如何不能错过和迟到。正如主持会议的宗鄂所言：对于爱诗者说，诗的凝聚力和感召力是无与伦比的。大家远道风尘而来，是对诗歌的信赖和深爱，唯其如此，诗才有希望，诗人才从不轻言放弃。

接着，邹静之通报了这届“青春诗会”筹备和参会人选的有关情况，并宣布了明天分组改稿的名单和有关注意事项。十二位诗人互相通名报姓之后，又各自简述了创作经历。接着，《诗刊》副主编叶延滨代表《诗刊》社和《诗刊》主编高洪波发言。首先，他向广东省作家协会、广东诗歌创作委员会主任郭玉山等文朋诗友表示感谢。正是由于他们全力相助、周密安排，本届“青春诗会”才得以顺利召开。叶延滨特别强调了本届“青春诗会”的重大意义。他说：今年是新千年的第一年，是“青春诗会”二十周年纪念日，《诗刊》社决定将这届诗会的作品连同以往历届“青春诗会”的优秀代表作，同时选发在今年《诗刊》第八期上。这是一次青春的检阅，是一次二十周年的回顾；而且，今年十月份，中国作家协会还要召开全国青年作家代表会议，本届“青春诗会”也是为这次即将召开的青年文学盛会做准备工作。其意义自然非同一般。最后，叶延滨再次转达了中国作协书记处书记、《诗刊》主编高洪波对这次诗会的祝贺、关注和期待，希望大家尽心尽力、把稿子改好、力争更上一层楼，把最好的作品献给我们新的世纪。

诗歌是直达心灵的艺术，诗人们是可以交心的朋友，短短不到一天的时间，大家似乎相识相知许久了。直到夜已渐深，大家才收住话头散去。静之赶紧打开空调，神秘地告诉我：他有办法对付这里的蚊子了。昨晚，有三只蚊子钻进他的蚊帐，我的帐子里也有一只，虽然，均被我们打死，但已付出血的代价。原来，静之的办法就是利用现代化的空调，将传统的蚊子进行制冷处理，使它们无力再对我们袭击。谁知道这办法灵不灵呢？

2000年4月25日　星期二　晴

一大早，我就被鸟声叫醒了。对于久居都市，靠闹钟报时听汽车马达声起居的人来说，这一声声不知名的鸟叫实在有些奢侈。记得几年前读到一位诗人“用鸟声洗脸”的句子，此刻，我几乎也有了同样的感觉。自然之美，本身是诗，何须雕琢呢？

与作者面对面具体谈稿子，是每次诗会的重中之重。本来，这件事该我和静之做。但宗鄂主动为我俩减压，承担了与田禾和安琪谈稿子的任务。如此，我俩各自负责五人了。《诗刊》社创办的“青春诗会”之所以受到诗界同仁们极大的关注，除了坚持严格以诗选人的标准，和它历时二十年经久不衰的名牌效应之外，我以为，这种面对面谈诗、改诗的具体操作方式，无疑是其他以务虚为主的诗歌会议所无法比拟的。当今活跃在中国诗坛上的中青年诗人，有近300人就是“青春诗会”这所“黄埔军校”的毕业生。这一批诗人已逐渐成为诗坛的生力军和主力军，他们的创作实践和成长经历，无不与此有关。

作为职业编辑，就作品与作者交换看法是常有的事。但如何让作者心服口服地正视自己作品存在的问题，并尽最大的努力，在短暂的时间内改好和救活一首诗，却不是一蹴而就的事情。整整一个上午，苦口婆心的“说教”，举一反三的比较，从一首诗的整体把握，到关键部位如何用力；甚至如何开头？如何结尾？如何安置妥帖每一行字句？该说或该做的都说了做了，余下的就看作者的悟性和“自救”能力了。中午吃饭前，每个人的稿子均已过了一遍，从今天下午开始到明天晚饭前，是作者修改稿件的时间。我们三人也不敢马放南山，因为，这期间还要对修改的稿子进行重新审视，改不上去，甚至改坏的情况也时有发生。对此，应有足够的心理准备。何况，前来督战的副主编叶延滨一直虎视眈眈不离左右，稿件若过不了他这一关，一切都是白搭。

午休之后，静之约我到作家山庄对面的茶寮里喝茶，说那里还欠着他半壶好茶，既然有好茶，不喝白不喝。正待出门，一场大雨突然不期而至，刹那间，窗外的槟榔、棕榈、芭蕉、桉树等我所认识和不认识的树木，全都掩进豪华的雨声之中。尤其是那芭蕉树，在强烈的风雨击打下，一会儿就变得衣衫褴褛了。真不知那些有关雨打芭蕉的曲子和诗词是怎么写出来的？那么美那么好听，与眼前的情景如何合拍？好在风雨渐渐小了，细雨中望出去，轻轻摇曳的芭蕉树才多少有了些雨打的美妙感觉。知道自己这些想法是惯性思维在作怪，类似的一成不变的审美经验，有时会妨碍你做出正确的判断。那么，是不是可以这样说：大凡具有创造力的诗人，或许正是善于和敢于逆向思维的人？

哎，扯远了，还是回到那半壶茶上吧，但愿茶寮的老板还认账。

2000 年 4 月 26 日　星期三　阴

鼎湖山上的庆云寺是融禅、净、律三善为一体的著名古刹。趁大家改稿之际，我们去了一趟。从山上归来后，匆匆浏览一遍已改好的稿件，心里踏实了许多。今天晚上要对本届诗会进行总结，这意味着我们此行的主要任务已接近完成。

诗会期间，老刀与寇宗鄂老师合影

这届诗会共有十二人参加。应该说，他们的作品这些年已逐渐引起读者关注。比如汗漫的诗，众人都说好，他的作品视野开阔，收放自如，无论长篇或短制，其关注的焦点与表达的恰到好处，都能给人启迪。若无深厚的生活积累和哲学背景支撑，即使是天才，也是写不出来的。老刀真名叫万里平。名字改得好，诗好人也好。他的诗扎实、朴素、有极强的还原生活的功力。读他的诗不能着急，须慢慢品味和仔细体会，若能读出他用心用力之处而会心一笑，大约就是知音了。陈朝华在大学期间开始写诗，参加工作后做了报人，诗写的少了，但始终没忘对诗歌的关注。他的作品敏锐、冷峻，充满思辨色彩和批判精神，以如此方式关照现实并切入诗歌，我们应该感谢他的良知和立场。姜念光与起伦是两位部队诗人，十多年的军旅生涯，也未改了他们诗人的秉性与气质。"没有孤独／我将更加孤独"这句话是起伦说的。他的诗满含细腻忧伤的情感，似乎与他这个带兵的旅长有些距离。其实，一个充满仁爱之心的军人，不更值得人们信赖吗？姜念光的作品则是建立在深厚文本基础上的。他对生活省察的深度和广度，使他的作品具有了多极的意义。无论赞美还是批判，抑或忧思还是沉默，他都能不动声色地直抵要义。拿宗鄂的话说：田禾与安琪的诗是一土一洋。他们说话都是又快又急又多，好不容易停下来，人们往往面面相觑，听不懂他们说了些什么。田禾是个诚实的乡土诗人，他不止一次深刻剖析自己的诗，也不止一次虚心向大家请教，正是由于这种清醒，他改得格外认真，修改后的作品较前生生提高了一个档次。安琪的作品确实“洋”了一些，看得出，她的阅读是宽泛的。这两首长诗似乎在建构一个庞大的系统工程。但准备工作是不是有些仓促？显得不够从容。江一郎才华茂盛。我猜，他崇尚传统美学。他的诗简练、节制，多以单纯的语流运送复杂的“货物”。多年与诗厮守，练就了不错的手艺。若能多一些思想、情感冲击的力量，即便是一棵风景树，也会掀起内心的风暴。无论在会上还是会下，芷泠总是倾听而一言不发。而从她的诗里，我们还是读出其中涌动、碰撞，甚至逆向的情怀。只是，她把这些很好地控制住了，正如她一言不发并不等于无话可说。

殷常青、耿国彪、宋志刚在会上交流不多，但我觉得他们之间有许多相似之处。常青处事小心、谦和，志刚为人木讷、本分，国彪往往寡言、谨慎；在他们心灵深处又都一致地内秀，对诗爱得不忍舍弃。他们的诗或有饱满的成色或有冲动的激情和纯粹的向往，各具个性特点。一个诗人就是一个矛盾体，内心的冲突、挤压正是创造的原动力，这符合辩证法。而具有内省力的诗人从来不放弃借鉴和互补的可能。倘若耿国彪从宋志刚那里借一些大气势，宋志刚从殷常青那里补充一些旋律、节奏的美，殷常青再向耿国彪要些具象表达的细节，很可能会写出一些别样的诗。形成风格对一个诗人是重要的，不断变化总给人陌生感也许更为重要；前者表示一个诗人成熟，而后者则是一个成熟的诗人应该坚持的态度。

晚上，总结会进行了两个多小时，多数人都发了言，畅谈了自己的感受。奇怪的是，唯有我这个组的五位诗人都没有讲话。是无话可说？还是有话不说？是不是改稿期间我说多了？堵了他们的嘴？还是真以为沉默是金？想悉数带了回去？其中的隐情不好揣度，我所能做到的是赶紧打住话头，尽量自我反省……

2000年4月27日　星期四　阴

今天是本届"青春诗会"最后一天。按日程安排，上午我们《诗刊》社四人与广州市公安系统，及广东省汕尾、深圳、茂名、佛山、中山、阳江、陆丰等地专程赶来的20多位诗人进行座谈；"青春诗会"的诗人们则去七星岩游览。而下午，我们就要离开这里踏上归程了。南方与北方就是不一样，大凡阴天也是雨天，只是这里的雨来去更为随便。当大家刚在会议室落座，方才还在檐前倾诉的雨，立马只剩下一抹淡绿的背影，或者更像一杯茶，安静地停在每个人面前。主持会议的郭玉山将与会者分别介绍之后，接着，邹静之根据自己的创作经历，就语言与诗意、自然语流与形容词或修饰、一般思维与反向思维等关系，畅谈了自己的贴身体会；尤其，关于诗的节奏与音乐性，不仅仅用语言而是用声音创作的经验之谈，给大家留下很深的印象和启发。宗鄂在发言中首先强调了文本的研读与操作、突破传统与观念转型的重要性。然后，也就诗歌的语言及诗歌本身谈了自己的看法。他认为，诗在语言的背后，不在语言本身，诗不能排除情感、思想的支撑，诗是一种寻找的快乐，常在难以企及的地方，纯而又纯的诗是不存在的，传达我们的思想和情感才是目的。叶延滨今天的讲演涉及很广。他从自己去天津某监狱采访的经历讲起，指出人性在任何地方和环境都会顽强体现出来。像一生与诗作伴是幸福的那样，人性中美好的一面因不可泯灭而永远闪光。接着，他从俄罗斯的强势文化一直谈到诗歌生态、诗歌文本的研究、良好的艺术氛围及文化场与诗歌发展的关系、艺术民主

诗会期间，安琪、寇宗鄂、邹静之、叶延滨、陈朝华、周所同（左起）合影

与创作自由的有关理论问题等。最后，他特别指出：要想取得文化上的发言权，必须在经济上有着强势，经济与文化同步发展将是必然的；连续三届“青春诗会”都有广东的诗人参加，或许正是佐证。他认为随着广东经济发展和改革开放步伐的加快，广东省的诗歌创作必然会呈现出全新的局面。

广东作协人事部温远辉和广州文艺、面影诗社的代表也先后发了言。会议主持人郭玉山最后在总结时表示：一定要借这届“青春诗会”在广东召开的契机，把广东的诗歌创作推上去。打算在下半年召开一次诗歌会议，出人才、出作品，并希望《诗刊》社届时给予大力支持。散会后大家合影留念，当千分之一秒的快门一闪，新朋也好，老友也罢，甚至包括我们周围短暂相处了几天的树木花草，在这一刻，把手长久地握在了一起。

第十七届

第十七届（2001年）

时间：

2001年8月27日～9月2日

地点：

浙江苍南

指导老师：

宗　鄂、雷　霆

参会学员（17人）：

马利军、李　双、寒　烟、姜　桦、赵丽华、沈娟蕾（沈木槿）、南歌子（上官南华）、友　来、李志强、叶　晔、黄崇森、金肽频、王顺建、俄尼·牧莎斯加、牧　南、东　林、凌　翼

第十七届“青春诗会”指导老师与学员们合影。前排左起：黄崇森、汪剑钊、友来、沈娟蕾、赵丽华、寒烟、凌翼；二排左起：姜桦、雷霆、寇宗鄂、李志强、南歌子、金肽频；三排左起：东林、牧南、王顺健、马利军、李双、俄尼·牧莎斯加、陈永春

诗人档案

马利军（1969~　），笔名马行。生于山东。地理文学践行者。2001年参加《诗刊》社第十七届“青春诗会”。2004年加入中国作家协会，参加了第六届全国青年作家创作会议。创作以诗歌、戏剧、散文为主，作品获中华宝石文学奖、老舍青年戏剧文学奖、山东省第二届泰山文艺奖、中华铁人文学奖等奖项。出版诗集《无人区》。

站在泰山顶上

马利军

风呀，雨呀，天呀，地呀
请听听云彩、岩石、草木和城市的话
唐宋元明清骑着皇帝的老马去了天涯
而一只飞翔的雄鹰的翅膀下面
有我的国籍、民族、职业以及山东家中的柴米油盐啊

站在泰山顶上

马利军

风呀、雨呀、天呀、地呀
请你听云彩、岩石、草木和城市的话
唐宋元明清骑着皇帝的老马去了天涯
而一只飞翔的雄鹰的翅膀下面
有我的国籍、民族、职业以及山东家中的柴米油盐们

原载《诗刊》2001.12

诗人档案

李双（1969~　），出生于河南杞县。1991 年开始发表文学作品。作品散见于《诗刊》《星星》诗刊、《诗歌月报》《诗潮》等核心期刊。2001 年参加《诗刊》社第十七届“青春诗会”。曾获《诗刊》年度诗歌奖、河南省文学奖等奖项。

除　了

李　双

除了土墙蹲在他的呼吸里　再没别的了
除了一个人走到林子里去抽烟　沙子弄醒了月光
除了槽头的牲口把世界嚼了个遍——没有人会相信
它会把栏圈弄得更脏
除了积霜的薄瓦它默不作声　把安睡拿到
囫囵的脸上
除了寂静　再没有别的了
——树梢有一点摇晃……

水。葡萄。欢乐在生长
欢乐藏在大海里
生长。风解开它宽大透明的衣袍——

除了一个人沿着他划出的线走下去

夜色肃穆　井水保持着平静的语调
“除了水桶在黑暗中充满了喧哗……”
——而脊背上
岁月的鞭子抽得更紧了……

除了

李钢

除了土墙蹲在它的呼吸里，再没别的了
除了一个人走到林子里去抽烟 泄了香醒了月光
除了措意的烟口 扯进弄嚼了个遍 —— 没有人会相信
　它会把栏圈弄得这肮脏.
除了积了霜的薄瓦它默不作声 把它晾
　拿到园园的脸上
除了寂静 再没有别的了
—— 树梢有点摇晃.

水菊 欢乐在生长
欢乐藏在大海里
生长. 风解开它宽大透明的衣袍 ——

除了一个人 沿着他划出的线走下去

面色肃穆，并且保持着平静的语调

“除了水桶在黑暗中

充满了喧哗……”

诗人档案

寒烟（1969～ ），女，山东邹平人。二十世纪八十年代末开始习诗。2001年参加《诗刊》社第十七届“青春诗会”。曾在《World Literature Today》（美国《当代世界文学》）、《世界文学》、《上海文学》等刊发表作品。著有诗集《截面与回声》（2003）、《月亮向西》（2012）。

完整的夜

寒 烟

那个夜晚我们来世的骨头
相互跪立相互哭泣
为生命中一位永不开口说话的神

谁使我们重合得这样深
以至于永远无法返回？

鱼儿游走了——
从嘴唇编织的遗忘
从四条胳膊收紧的网
从钉在黑夜中央的这具标本……

重新上路，灵魂
在一个不断呼喊着我们的远方
开启另一重的循环

啊，没有人醒来
没有……

完整的夜

寒烟

那个夜晚我们相互跪立着哭泣
为生命中一位永不开口说话的神

谁使我们重合得这样深
以至于永远无法返回？

鱼儿游走了——
从嘴唇编织的遗忘
从四条胳膊收紧的网
从钉在黑夜中央的这具标本……

重新上路，灵魂
在一个不断呼喊着我们的远方
开启另一重循环

啊，没有人醒来
没有……

诗人档案

姜桦（1964～　），笔名阿索，江苏响水人。诗人、散文家。著有诗集、散文集多种。获得江苏紫金山文学奖等奖项。2001年参加《诗刊》社第十七届“青春诗会”。现居江苏盐城。

虚拟的箫声

姜　桦

我的手已堵不住这箫孔
逐步松动的牙齿已关不住秋风
一行大雁在早晨飞起，又在
黄昏沉落……渐渐地隐没：
在夜晚，这一场紧迫的风中

虚拟的箫声总不会那么直接
比如我年近四十的青春已不明显
一场霜过后就真正进入了秋天
我从此所做的一切，都将
被称作——挽留

像芦苇摇晃那最后的几片叶子
像风匆忙地扯住风

黎明的天空，那不断闪耀的星辰
这笛孔，这静静流动的箫声

可我怎么能分辨出这场秋霜
怎么能留住这场薄雪的爱情
在一块干净的石碑上，写下：
“秋风在一阵呼唤中怆然消逝，
十一月，我年近四十，人到中年……”

虚拟的箫声

[illegible]

我的手已堵不住这箫孔
像逐渐松动的牙齿关不住秋风
一行大雁在早晨飞起 又在黄昏沉落
渐渐隐没 这场紧迫的风中

虚拟的箫声总不会那么直接
比如我年近四十的青春已不明显
一场霜过后就真正进入了秋天
从此所做的一切 都被称作挽留

像芦苇摇晃那最后几片叶子
像风匆忙地抓住风

黎明的天空 那不断闪耀的星辰
这简单又这静静流动的新声

可我怎么能分辨这场秋霜
怎么能留住这场薄雪的爱情
在一块干净的石碑上写下
秋风在你的呼唤声中怆然消逝
十一月，我年近四十，人到中年……

原载《诗刊》2001年12期
17届"青春诗会"专号

诗人档案

赵丽华（1964～ ），女，出生于河北霸州。作家、诗人。中国作家协会会员。2001 年参加《诗刊》社第十七届“青春诗会”。出版诗集《赵丽华诗选》《我将侧身走过》。曾在《人民文学》《诗刊》《诗选刊》等各大报刊发表大量作品。作品被收进多个诗歌选本。曾获河北省文艺振兴奖、“诗神杯”全国诗歌大赛一等奖等奖项。2014 年 4 月起，赵丽华先后在一百多所高校进行“赵丽华诗画传奇全国巡讲”，在各个高校掀起诗画美旋风。2014 年底，赵丽华创立“梨花公社”。

一个人来到田纳西

赵丽华

毫无疑问
我做的馅饼
是全天下
最好吃的

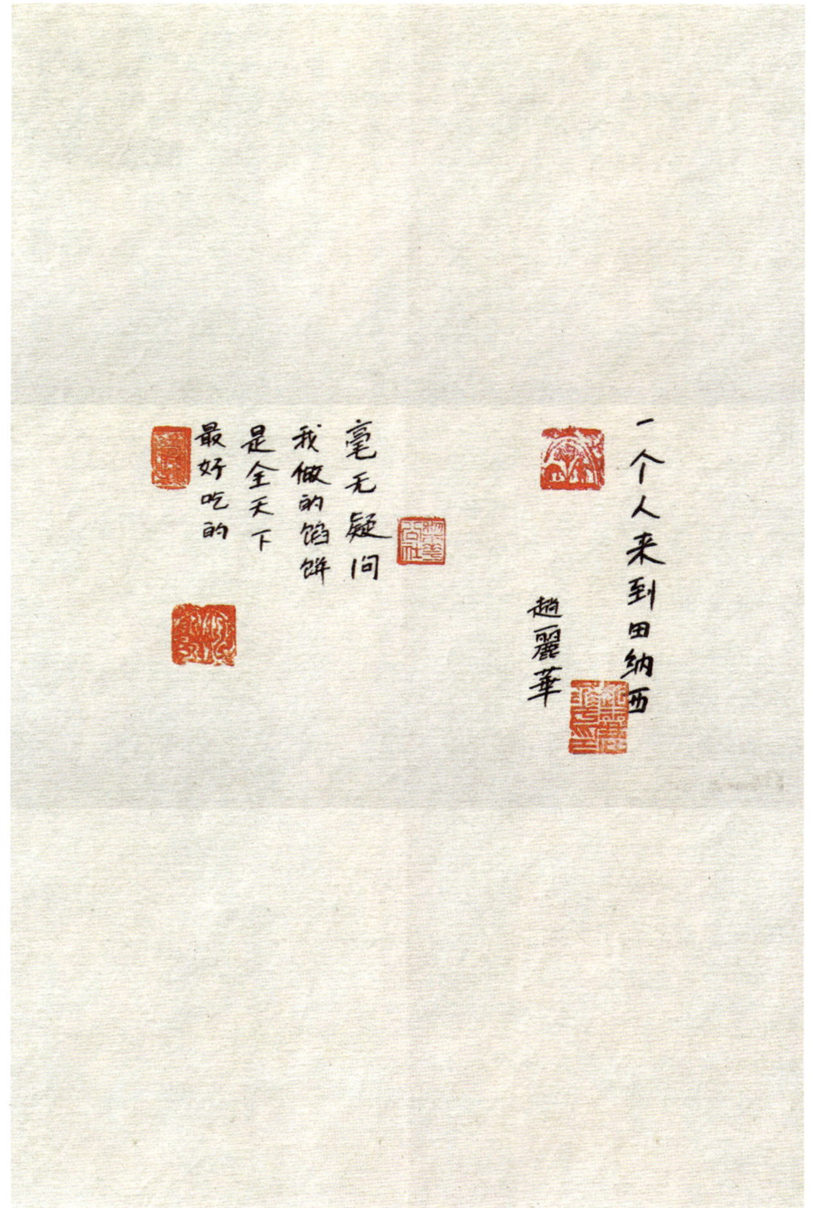
一个人来到田纳西
趙麗華
毫无疑问
我做的馅饼
是全天下
最好吃的

诗人档案

沈娟蕾（1975~　），女，现用名沈木槿，生于浙江省桐乡。1998年开始写诗，作品散见于各地诗歌报刊。2001年参加《诗刊》社第十七届"青春诗会"。有自编诗文集《在纬度的温差里》(2004)等。现为摄影师。

秋　声

沈娟蕾（沈木槿）

衰草连片低下去，
又直起来。
衰草此起彼伏推涌着，
草叶嚓嚓
似砍头的声音。

像被没收了家产，
像被飓风刮落到了大地上。
赤条条、空荡荡，
无依无傍。
你完全是自己了。

秋声

衰草连绵低下去，
又直起来。
衰草此起彼伏推涌着，
草叶嗦嗦
似破碎之声韵。

像被没收了家产，
像被飓风刮落到了大地上，
赤条条、空荡荡
无依无傍，
你完全是自己了。

2017.6.30.

沈木槿书于广州

诗人档案

南歌子（1965~ ），本名刘鹏，现用名上官南华。山东日照五莲人。2001年以南歌子之笔名参加《诗刊》社第十七届“青春诗会”。长诗《青藏诗章》以白垩之笔名获2007年度人民文学奖，长诗《入海口》获2013年度黄河口（中国）金秋诗会一等奖。与燎原策划主编《二十一世纪十年中国独立诗人诗选》。兼及小说、音乐、书法、水墨山水画创作。

写给羊

南歌子

昼去夜来，昼去夜又来
日子竹一样一节白一节黑地生长
在黎明，在黄昏打结
竹筒里有那么多空洞
能敲出深夜的更声

而阳光的竹丝细密

夕阳似乎总要找到一座山才落下去
它喜欢深度
而大漠的夕阳更像一个隐士
一只埙的孔

风吹得厉害

打在脸上的沙子
那迷茫中的一粒
风吹得厉害

夕阳落下又落下
我和你每天交换一次信物

银子只能大响在海里
阳光劈开很多事物
也劈开嘴唇

爱情，一把用心
作鞘的剑

天空接近地面的部分
已像树叶一样碎

写给羊

昼去夜来　昼去夜又来
日子竹一样白一节里一节地
生长
在黎明　在黄昏打结
竹筒里那么多生活的空洞
能敲出清夜的笑声
而阳光和竹丝细密

夕阳似乎总要扶到一座山才
肯下去
江南以清爽
而大漠的夕阳更像一个隐士
一只埙的孔

夕阳落下又落下
我和你每天交换一次信物
阳光声和很多事物
也声和嘴唇
天空指近北面的部分
已象树叶一样碎

此第十七届青春诗会诗一首 时笔名南歌子
庚子七月十六日 上官南华

诗人档案

友来（1977~　），原名张友来，生于福建霞浦，后迁居浙南。二十世纪九十年代末开始在《诗刊》《诗歌月刊》等杂志发表作品。2001 年参加《诗刊》社第十七届“青春诗会”。出版过诗集《指尖上的灰尘》(与叶晔合著)。

卖　唱

友　来

嗓门卡住一片海域
塔在等待中
沉没，两个漩涡浮上来
触到了呼救声中不灭的刺

冷——

抬起抽筋的腿
新潮里的偏执
和饥荒，转动的舌头
一寸稻叶隐没时尖锐的沉寂

长头发甩动
夜。汽车的碰撞，小孩的啜泣

在微波荡漾中快速切入
挣扎，直至完全陷落

夜色一动不动
当一双手托着空空的广场
另一双发育不良的手
蜷缩着，空握一把宣言

友来（十七届）。

"青春诗会"期间代表作一首：（发表于《诗刊》2001.12）

卖唱

嗓门下往一片海域
控在等待中
沉没，两个漩涡浮上来
触到）呼救声中不灭的刺

冷——

抬起抽筋的腿
新潮里的偏执
和饥荒，转动的舌头
一排稻叶隐没时尖锐的沉寂

长头发风动
夜。汽车的碰撞，小孩的啜泣
在微波荡漾中快速切入
挣扎，直至完全陷落

夜色一动不动
当一双手托着空空的广场
另一双发育不良的手
蜷缩着，空握一把宣言

诗人档案

李志强（1967~　），笔名李木马，生于河北丰南。中国作家协会会员，中国书法家协会会员。参加《诗刊》社第十七届"青春诗会"和鲁迅文学院第七届青年作家高级研讨班学习。在《诗刊》《人民文学》《中国书法》《光明日报》等报刊发表诗文作品两千余篇，出版诗文集《铿锵青藏》《碎银集》《掌心的工地》等十五部。作品入围全国第五届鲁迅文学奖，获郭沫若诗歌奖和第七、八届全国铁路文学奖一等奖等奖项。

搀着母亲下地铁

李志强

母亲的脚步很慢
像是怕把道路踩疼
母亲的身体很轻
我像是扶着一捆松脆的干柴
既不能用力
又不敢放松
一个被动而虚无的身体
跟着自己的孩子踽踽前行
现在，这个要强的老太太
甚至有些执拗的老太太
对世界只剩下了顺从
只有偶尔的磕绊
尚能感知一点残存之力
让我一喜又一惊

在沁凉的地铁通道
母亲的脚步越轻
我越是身上冒汗心里沉重
像是怕撒开一阵风
——就再也看不到踪影

攙着母親下地鐵

李木馬

母親的腳步很慢
像是怕把道路踩疼
母親的身體很輕
我像是扶着一捆松脆的干柴
既不能用力
又不敢放松

一個被動而虛無的身體
跟着自己的孩子踽踽前行
現在，這個要強的老太太
甚至有些執拗的老太太
將世界只剩下了順從
只有偶爾的磕絆
尚能感知一點殘存之力
讓我一喜又一驚

在沁涼的地鐵通道
母親的腳步越輕
我越是身上冒汗心里沉重
像是怕撒開一陣風
——就再也看不到踪影

诗人档案

叶晔（1973~　），浙江苍南人。2001 年参加《诗刊》社第十七届“青春诗会”。著有诗集《亲爱的世界》，长篇小说《狂野志》《写作课》《寻屋记》等。

心灵史（节选）

叶　晔

她一直都是
一只小船：晕眩、呕吐，但怀抱指南针
如同永不陨落的星球

她暗暗准备，一个孕期
学会母亲的姿势
母亲的语气
一颗母亲的心！

是的，孩子会喜爱各种乐器、
鸟鸣——像一个大缸的碎片
全溅到了天上
春天要来，枝条里全装上了弹簧

他要么蒲公英一样跪在春天里，送上世间
一贴最好的药，看着母亲
从那个最大的碗里溢出来
要么心平气和
从木头里抽出骨骼，树叶的抖动
止不住
这称得上辽阔，他穿过胞衣棉衣睡衣
这一次穿上母亲的房子
浓阴成为背影　他在里面
都干了些什么
春天要来
他的鼾声有些潮湿
又可以栽上树苗、嘱咐
生活像劈柴，总是对准纹路
用劲，并大喊一声

这让一只甲壳虫担惊受怕
一小块血迹就是母亲的极限
无数婴房时刻诞生
“我拭擦着一个村的胎记！”
在一张世界地图里
尖叫！下雨了
一只甲壳虫出生入死生孩子
一片绿荫护住小小心脏，另一只
照样日行万里去约会
此时，正从世界的边沿满足返回

心灵史

她一直都是
一只小船：晕眩、呕吐，但怀
　抱指南针
如同永不陨落的星球

她暗暗准备，一个孕期
学会母亲的姿势
母亲的语气
一颗母亲的心！

是的，孩子会喜欢各种乐器、
　鸟鸣——像一个大缸的碎片
全溅到了天上
春天要来，枝条里全装上了弹
簧

他要么蒲公英一样跪在春天里，
　送上世间
一帖最好的药，看着母亲
从那个最大的碗里溢出来
要么心平气和
从木头里抽出骨骼，树叶的抖
　动
止不住。

这称得上辽阔，他穿过胞衣棉
　衣睡衣
这一次穿上母亲的房子
浓阴成为背影
他在里面
都干了些什么
春天要来
他的鼾声有些潮湿
又可以栽上树苗、嘱咐
生活像劈柴，总是对准纹路
用劲，并大喊一声

这让一只甲壳虫担惊受怕
一块血迹就是母亲的极限
无数婴房时刻诞生
“我拭擦着一个村的胎记！”
在一张世界地图里
尖叫：下雨了
一只甲壳虫出生入死生孩子
一只绿荫护住小小心脏，另一
　只
照样日行万里去约会
此时，正从世界的边沿满足返
　回

2020年7月 叶晔

诗人档案

黄崇森（1969～　），浙江苍南县人。1999年出版诗集《头顶大海的少年》。2001年参加《诗刊》社第十七届“青春诗会”。2006年出版游记集《走读乐清》，2015年出版诗集《水族馆》。与友人组织读书会，并管理苍南文化地标单位“雁过藻溪文化客厅”。

从微光中醒来

黄崇森

说不清是天空吸纳
还是晨光收割
黑夜在暗蓝的水面倒伏

一把刀熔铸了一夜
从水中提出的一瞬
还带着烈焰的血红和孩子们的
呼叫

死亡的大海从微光中醒来
说不清天空在飞
还是大地在飞

英勇的鸟群

从一个眺望者的胸腔冲出
要在冰冷底部
访问那斑斓的水族

一头大兽在梳理羽毛
一个通天的巨人在喘息
大海蠕动着
要在自己选定的时刻
劈开黄金和稗草的广场

一片空茫

从阳光中醒来

从冬情是云空吸功
这是晨光收割
黑夜在晴莹的水面倒伏

一把刀悄铸了一夜
从静中诞生的一瞬
这带着飞焰的色彩和孩子们
呼叫

飞近的大海从阳光中醒来
从冬鹰飞空在飞
这是大地在飞

英勇的号群

从一面眺望者的胸腔倒生
飘在冰冷底部
对四羽斑驳的身躯

一段大致在梳理羽毛
一面画画的古人在喘息
大海搏动着
飘在自己遥远的时刻
碧寒黄金和稗草的广场

一片空茫

前篇得句二十余首一卷
此才能在怀柔录二十首
前篇作时维庚子仲夏除
子建诗东题 黄崇森书

诗人档案

金肽频（1966~　），安徽安庆人。中国作家协会会员。曾参加《诗刊》社第十七届"青春诗会"。先后在《诗刊》《人民文学》等全国报刊发表诗歌四百余首。十多次入选年度最佳选本。出版诗集五部:《圣莲》《花瓣上的触觉》《金肽频诗选》《鲸脊与刀锋》《夜修辞》。主编出版有《海子纪念文集》(四卷本)、《安庆新文化百年》(七卷本)共二十余部。诗歌《与一朵白莲的距离》入选《大学语文》课本(合肥工业大学出版社2010年修订版)。

与一朵白莲的距离

金肽频

与那朵白莲的距离
是用身体无法丈量的
春天太小　却有着神经一般
复杂的道路　只有脆弱者
才可以享受夜的痕迹

在琴声中慢慢睡下来的莲
它的脸很白　犹如风中漂过的宝石
在一堆水上　拥抱在一起
脸与脸拥抱在一起
成为绝处逢生的花朵

安谧超过了想象
花朵因为爱　长出了长发

天堂里唯一的梯子折断
关于冬天的回忆已无法解释
一句话暗含了女人的杀机

善良的莲　不是一滴水可以玷污的
黯然的水面上　太多的美
已死于美
道路久久无语
是谁的身影点燃了花朵的面容

一生拒绝我的火
突然间找回了感觉
琴声是风　宝石是刀
围绕着那棵白莲在歌唱
我与她的距离
只有身影才可以抵达

与一朵白莲的距离

金胧炘

与那朵白莲的距离
是用身体无法丈量的
春天太小 却有着神经一般
复杂的道路 只有脆弱者
才可以穿越夜的痕迹

在琴声中慢慢睡下来的莲
它的脸很白 犹如风中漂过的宝石
在一堆水上 拥抱在一起
脸与脸拥抱在一起
成为绝处逢生的花朵

安谧越过了想象
花朵因为爱 长出了长发
天堂里唯一的梯子折断
关于冬天的回忆已无法解释
一句话暗含了女人的柔执

善良的莲 不是一滴水可以玷污的
黯然的水面上 太多的美
已死了美
道路久久无语
是谁的身影点缀了花朵的面容

一生拒绝我的大
突然向我回了感觉
琴声是风 金石是刀
围绕着那棵白莲在歌唱
我与她的距离
只有身影才可以抵达

（原载《大学语文》课本．合肥工业大学出版2009年1月第2版）

诗人档案

王顺健（1965~　），江苏连云港人，深圳户籍。在《诗刊》《人民文学》和美国《侨报》等刊物上发表诗歌和小说。作品入选钟敬文、启功主编的《20世纪全球文学经典珍藏》等各类文学选本五十多种。2001年参加《诗刊》社第十七届“青春诗会”。出版过个人诗集《皮肤上的海》等。多次获得深圳十大佳著、深圳睦邻文学奖金奖等奖项。

造船厂

王顺健

在船厂，一场孕育如下：
起先是一块木条
几堆木头
一排龙骨
船的雏形好丑
油漆是羊胎素
铁轨铺开产道
从大陆分娩进海水
第一声啼哭由汽笛拉响
大海的孩子就多了一个
从此海上的所有道路
都绕开了他的生母
并伸向海的更深处

造船厂

王顺健

在船厂，一切孕育如下：
起先是一块木条
几堆木头
一排龙骨
船的雏形好丑
油漆是羊脂膏
铁轨铺开航道
从大陆分娩进海水
第一声啼哭由汽笛拉响
大海的孩子就多了一个
从此海上的所有道路
都绕开她的岸边
并伸向海的更深处

2000.5.20

诗人档案

俄尼·牧莎斯加(1970～　)，彝族，汉名李慧。祖籍大凉山瓦来拉达，生于四川九龙县。中国作家协会会员。2001年参加《诗刊》社第十七届“青春诗会”。写诗歌、散文、影视剧本等。已出版诗集《灵魂有约》《部落与情人》《女妖》《高原上的土豆》《我在别人后》等。创作电视连续剧《支格阿尔》(31集)和电视连续剧《螺髻情缘》(20集)。作品主要刊载于《诗刊》《民族文学》等报刊。作品选入《二十世纪九十年代诗选》《2001中国年度最佳诗歌》《2009年中国散文诗》等权威选本。作品获过中国作协《诗刊》社“金鹰杯”三等奖、第二届四川少数民族文学奖、第三届“山鹰奖”等奖项。

阿妈*的羊皮袄

俄尼·牧莎斯加

把它裹紧，再裹紧一点
羊皮袄，就是你的
羊皮袄，我的阿妈
厚实的披毡，情同手足
跟随我上山放牧
羞涩的情人，怀揣口弦
藏在云朵里绣花

羊皮袄，你的羊皮袄
羊皮袄，裹在我身上
那是一张祖传的皮肤

* 阿妈：彝语，指外婆或奶奶。

那是一种淳朴的温暖
我依然需要
阿妈，我的阿妈
骨头坚硬
鲜活血液

把它松开些，再松开些
羊皮袄，就是你的
羊皮袄，我的阿妈
欢乐将我陪伴
像那天空在高处注视和牵引
痛苦将我锻铸
像那大地催生种子的萌芽

羊皮袄，你的羊皮袄
羊皮袄，裹在我身上
放开我的双手和双脚吧
放开我的心灵与眼睛

我还得努力
阿妈，我的阿妈
让我透透气，让我顶风冒雨
看清影子与灵魂是不是一个

羊皮袄，啊，阿妈的羊皮袄
爱恨交加的羊皮袄
难以割舍的羊皮袄
我知道，我再清醒不过地知道
什么时候，它在我身上脱不下
那是我沉重的悲伤
什么时候，它在我身上消失了
我的生命才真走到了尽头

阿妈的羊皮袄

俄尼·牧莎斯加

把它裹紧，再裹紧一点
羊皮袄，就是你的
羊皮袄，我的阿妈
厚实的披毡，情同手足
跟随我上山放牧
羞涩的情人，收揣口弦
藏在云朵里绣花

羊皮袄，你的羊皮袄
羊皮袄，裹在我身上
那是一张祖传的皮肤
那是一种淳朴的温暖
我依然需要

阿妈，我的阿妈
骨头里破
鲜活血液
把它松开些，再松开些
羊皮袄，就是你的
羊皮袄，我的阿妈
欢乐，将我陪伴
像那天空在高处注视和牵引
痛苦，将我锻铸
像那大地催生种子的萌芽

羊皮袄，你的羊皮袄
羊皮袄，裹在我身上
放开我的双手和双脚吧
放开我的心灵与眼睛
我还得努力
阿妈，我的阿妈
让我逍遥远，让我供风冒雨
看清影子与灵魂是不是一个

羊皮袄，啊呵，阿妈的羊皮袄
爱恨交加的羊皮袄
难以割舍的羊皮袄
我知道，我再清醒不过的知道
什么时候，它在我身上脱不下
那是我沉重的悲伤
什么时候，它在我身上消失了
我的生命才真正到了尽头

注：阿妈，彝语，指外婆或奶奶

（原载《诗刊》2001年12月第十七届"青春诗会"专号）

诗人档案

牧南（1964～　），诗人，小说家。毕业于武汉大学中文系。在海内外发表诗歌五百余首、中篇小说十部、短篇小说及散文若干。著有诗集《爱雨潇洒》《金玫瑰》《望星空》，长篇小说《玫瑰的翅膀》《姐妹船》等。参加《诗刊》社第十七届“青春诗会”。

雪凤凰（节选）

牧　南

雪，落在立春后的第一个早晨
落在武汉封城后正月十二的北京
倒春寒袭击着中国
苍天啊，你让鹅毛大雪
来抚慰这无边的寂静……

黎明，在广袤的原野上行进
他们白衣素裙，缓缓地
缓缓地向天空上升
他们曾经的渴望在云朵上熠熠闪光
他们说过的话都化作新生的翅膀
那些呼唤的声音化成阵阵春风
将湛蓝的天空吹拂得更高更远……

万物眺望的目光颤动着
辽远的地平线上，铺开万丈云锦
婉约的歌声，从四面八方响起
是他们，是他们
就是他们……

刹那间，一群新生的凤凰
凌空展翅，拉出洁白的雪霰
千万朵春花与彩云联袂飘飞
聚到凤凰足下，由西向东
辟出条条闪耀的彩路
朝着初升的太阳
——自由地翱翔
朝着那自由的故乡
——自由地歌唱

雪凤凰

牧南

雪，落在立春后的第一个早晨
落在武汉封城后正月十二的北京
倒春寒袭击着中国
苍天啊，你让鹅毛大雪
来抚慰这无边的寂静
……
黎明，在广袤的原野上行进
他们白衣素裙，缓缓地
缓缓地向天空上升
他们曾经的渴望在云朵上熠熠闪光
他们说过的话都化作新生的翅膀
那些呼唤的声音化成阵阵春风
将湛蓝的天空吹拂得更高更远
……
万物眺望的目光颤动着
辽远的地平线上，铺开万丈云锦
婉约的歌声，从四面八方响起
是他们，是他们……
就是他们……

刹那间，一群新生的凤凰
凌空展翅，挂出洁白的雪霞
千万朵春花与彩云联袂翻飞
聚到凤凰足下，由西向东
舒出条条闪耀的彩练
朝着初升的太阳
——自由地翱翔
朝着那自由的故乡
——自由地歌唱

——选自四幕诗剧《雪凤凰》
第一幕《雪凤凰的诞生》

——为青春诗会40周年纪念书集
2020年7月14日抄录．京北．

诗人档案

凌翼（1966~ ），江西宜丰人。中国作家协会会员。参加过《诗刊》社举办的第十七届“青春诗会”。鲁迅文学院首届中青年作家高研班学员。在《诗刊》《人民文学》《中国作家》《钟山》《人民日报》等报刊发表作品。出版《以魂灵的名义》《大湖纹理》《赣鄱书》《井冈山的答卷》《从长征源出发》等诗歌、散文、报告文学和中短篇小说及长篇小说等十余部。曾获第八届全国冰心散文奖、首届方志敏文学奖、江西省“五个一工程”优秀作品奖等奖项。

我的江西

凌 翼

江南西道
绵延苍莽的群山
一道
赣江的刀锋
割去
东篱下的枝蔓
青云谱的芭蕉

周濂溪的心池
种上一株莲
笔已耸立成山
墨亦流淌成河
滕王阁上
一个少年挥袂而去的身影

使江水空流了千年

鄱阳湖
这只天底下最靓的青瓷瓶
朝向长江的瓶口
溢出
青瓷的色泽

江西　江西
一片青山绿水的云裳
盖住大地的心跳
盖不住杜鹃鲜活的歌喉

我的江西

凌翼

江南西道
绵延苍莽的群山
一道
赣江的刀锋
割去
东篱下的枝蔓
青云谱的芭蕉

周濂溪的心池
种上一株莲
笔已耸立成山
墨亦流淌成河
滕王阁上
一个少年拂袂而去的身影
使江水空流了千年

鄱阳湖
这只天底下最靓的青瓷瓶
朝向长江的瓶口
溢出
青瓷的色泽

江西 江西
一片青山绿水的云裳
盖住大地的心跳
盖不住杜鹃鲜活的歌喉

青春与诗同行

——第十七届“青春诗会”侧记

宗　鄂

1

2001年8月27日至9月2日，《诗刊》社第十七届“青春诗会”在东海之滨的浙江苍南举行。来自11个省市的17位青年诗人，还有当地6位列席代表，加上《诗刊》编辑部邀请的几位辅导老师，近30人参加了此次诗会。诗会历时7天。

本届“青春诗会”出现了几个第一：新世纪的第一届“青春诗会”，对于一个跨世纪的文学活动而言，具有承前启后的历史意义。第一次在县级地方举办。多了一项深入基层，接触乡镇干部和群众，在改革开放的前沿进行社会调查的内容。第一次在一个县里选拔了三位正式代表，同时吸收6位作者列席，这在“青春诗会”的历史上是前所未有的事。一个县的范围集中出现起点高且水平较为整齐的诗歌群体和良好的文学生态环境也是首次发现。因此，选择苍南举办“青春诗会”更具有现实的、必然的开放性。

“青春诗会”从20世纪80年代初开始至今已长达21年，在社会上，在广大读者的心目中，产生了日益广泛而深远的影响。一个文学活动，一个诗会，能够经久不衰，成为跨世纪的工程，并且愈来愈显示其旺盛的生命力，大约在中国文学史上还是绝无仅有的。青春与诗同行，穿越时空的过程，受到青年朋友的欢迎，已经成为青年作者神往和追求的目标，以参加“青春诗会”为荣，甚至把“青春诗会”戏称为诗歌界的“军校”。

2

20世纪的20年间，200多名青年诗人参加了“青春诗会”。这些诗人大多数至今创作活跃，已是中国诗坛上闪烁的星群，其中不乏名噪一时的风云人物，如舒婷、顾城、徐敬亚、王小妮、江河、廖亦武、李钢、伊蕾、翟永明、车前子、杨克、西川、骆一禾、柯平、伊甸、王家新、于坚、欧阳江河、唐亚平、张烨、伊沙等。还可以列出一长串为广大读者所熟悉的名字。可以说，中国当代优秀的青年诗人大多数都参加过“青春诗会”。这些诗人之中，有的已成长为文学界及诗歌报刊的领导，如吉狄马加、叶延滨、杨牧；有的不仅限于诗歌，还涉及小说、戏剧、影视、美术等其他领域，表现出多方面的才能，如阿来、杨争光、邓海南、徐晓鹤、筱敏、马丽华、海男、牛波、韩东、李晓桦等都是其中的佼佼者；有的还是商品经济的弄潮儿。但他们没有忘记诗曾赋予他们的灵感、敏锐与机智，令他们最感亲近最圣洁的还是始终热爱的诗和参加过的“青春诗会”。当中国的改革开放来临的时候，一个文艺复兴的时代也随之开始。诗是早春最先复苏的小草，是追求温暖的大雁。年轻的诗人们开始歌唱了。现实主义开始回归，现代主义得以抬头。中国的新诗艰难地走过一段狭长的谷地之后，来到一个开阔的必经的路口。青年朋友的创作热情需要爱护和鼓励，创作思想需要进一步解放和引导，艺术也有待提高，需要提供相互交流切磋的机会。当时在任的《诗刊》领导严辰、邹荻帆、柯岩、邵燕祥等老一辈诗人、文学家对青年一代的关爱，这也是时代赋予的责任，更是具有历史性的重要举措。正是在这样的指导思想和背景之下，1980年7月

20 日至 8 月 21 日，《诗刊》社在北京举办了一期长达一个月的“青年诗作者创作学习会”。其后改称“青春诗会”，相延至今。

“青春诗会”是老一辈诗人和编辑开创的“希望工程”，是经过 20 年辛勤培育的一个知名“品牌”，不管多么艰难，《诗刊》和全体同仁肩负沉重的历史使命，引领着青春与诗的方队。

刚刚迈过上个世纪的门槛，又用力拉开了新世纪的“青春诗会”的帷幕。

3

八月末的苍南，暑热渐渐退去，已进入夏的尾声。一个成熟的秋天即将来临。在这个大好的季节里，一群年轻的诗人迎着徐徐的海风，满怀诗的激情，也从四面八方正步履匆匆地向苍南赶来。

我和《诗刊》的雷霆，和诗会邀请的《人民文学》副编审陈永春、中国社科院外国文学研究所的博士汪剑钊特意提前一天到达。不料深圳的王顺健及江西的凌翼早已在我们之前到会。8 月 27 日，除北京的牧南以外，16 位正式代表及 6 位列席代表均已按规定时间报到。于是，当晚 8 时一个既隆重又简约而朴素的开幕式在县府招待所小会议室如期举行。当天赶到的《诗刊》副主编叶延滨、苍南县委宣传部部长陈庆念、温州市文联秘书长钟求是分别做了简短的讲话，表示欢迎和祝贺。这是青年朋友们盼望已久终于如愿以偿的青春与诗的聚会，这是梦想成真的时刻。我从那一双双充满喜悦和自信、闪烁着智慧光芒的眸子里看到诗的灵光；从热烈的掌声中感受到诗的激情和有力的心跳。我由衷地说：我愿意大家踏着我的肩膀登上诗坛！作为本届“青春诗会”主持人的我，便自然产生一种架桥铺路者的感觉：既欣慰又荣耀。

应该感谢东道主苍南县委、县政府、县文联及旅游局的重视和支持！感谢灵溪、龙港、矾山、赤溪、钱库镇委镇政府以及海口渔寮度假村的具体帮助！从北京出发之前，县文联主席、诗人刘德吾在电话中说，县里曾几次召集镇领导开会，研究布置诗会的接待工作。曾参加过第十届“青春诗会”的刘德吾尤为辛苦。从一开始提出承办到策划、筹措资金，历时近一年之久。自己并无所求，只是出于对诗的执着与真诚，既是学兄的身份又担当东道主。所幸的是在他的身后有一位热心文化事业，懂得艺术规律，放手锻炼干部的宣传部部长陈庆念。因此刘德吾可以大胆施展他的才能，为大家营造出和谐的文化氛围及良好的学习环境。

县里为诗会安排参观访问的内容十分丰富。主人的热情无法拒绝。我必须理解刘德吾的一番苦心。年轻的诗人们有机会接触社会，开阔视野，实地采风，无疑是件好事。在商品经济大潮中，高雅文化也毫无例外地必须改变封闭的方式，与经济联姻。苍南是国务院最早批准的沿海对外开放县。改革的步伐走在全国前列。这里全部是民营企业。家庭工业、股份合作企业和专业市场一派生机勃勃。印刷、塑编及纺织行业国内闻名。这里的物产也很丰富，蘑菇、四季柚、梭子蟹等蜚声海内外。还有世界最大的矾矿，储量居世界之首，有“世界矾都”之美誉。苍南县所在地灵溪镇的工业园区规模宏大，气象不凡。这里还有在滩涂上崛起的我国第一座农民城——龙港，其市政建设的规模与气派并不亚于一座现代化的中等城市。它和灵溪均是苍南最富有的城镇，年工业产值高达数百亿元，是苍南经济的两大支柱。有了钱，人的精神需求被提升。镇领导没有忘记对文化事业的支持。《龙港诗刊》便应运而生。在一个镇里公费创办诗刊，在全国大约是少有的新鲜事儿。灵溪镇的宣传委员华立新女士透露，他们最近也将建立镇一级文联。这当然也是一个好消息。

我们所到之处都受到当地领导及企业主的热情接待，听取他们经济建设和旅游开发等情况介绍。给我们的突出印象是，苍南人具有敢为天下先的勇于探索的精神，哪里有市场，哪里就有温州人，哪里就有苍南人。中国第一架私人包机就是苍南人，美国军人的军徽制作者也是苍南人。

除了参观学习外，也饱览了苍南的秀丽风光。海口度假村朦胧的夜色和海岸边迷离的灯光，以及号称“东方夏威夷”的渔寮那辽阔而绵长、柔软如丝绸的沙港，令青年们激动不已。诗神经最敏感的来自江苏盐城市广播电台的姜桦不断朗诵自己的新作。表演欲很强的山东汉子南歌子（刘鹏）自然也不示弱，也为海口度假村写了一首歌词，还配上不知从哪里借用的曲子，又朗诵又演唱。勇气让人赞叹。每到一地，都有掌声邀请赵丽华唱歌。从四川大凉山来的彝族青年俄尼·牧莎斯加能歌善饮，桌上如果没有他的敬酒歌，似乎缺少了什么。而陈永春老师的表现欲则是含蓄而委婉的。他总是首先点别人的歌，然后便引出对他的邀请。这种“抛砖引玉”的手法很奏效，紧接着便是他那高亢嘹亮似有金属片震动的歌声。哪里有青年，哪里就有欢乐和蓬勃的生气。9月2日，“青春诗会”结束的当晚，在县文联和灵溪镇举办的茶话会上，大家且歌且舞，高声朗诵，亲切话别，十分尽兴。直至午夜仍依依难舍不肯离去。难忘今宵，难忘几天的诗情和友谊，难忘青春与诗同行的和谐与美好的感觉。

还有一件难忘的事，那是8月30日午后，原定由海口去渔寮乘坐旅游局的大巴，不料车子出了故障。但刘德吾真有办法，在度假村胡长润董事长的协助下，一下子临时从周边乡镇调集了八辆桑塔纳轿车，浩浩荡荡翻山越岭向渔寮开去。途中在一处据说有古生物化石的海滩边停下来，让司机们小憩，也可以让大家拣拾点意外的惊喜。谁知一片晴朗的天空中突然落下雨点。很快，大团的乌云从山的背后涌过来，闪电夹着隐隐的雷鸣。霎时间大雨倾盆从头顶泼下来。大家来不及也无处躲避，因有溪水阻隔，在对岸等待的车子可望而不可即。有的人暂时躲在简陋的窝棚里也无济于事。人人都被突如其来的大雨浇成落汤鸡一般。等到最后一个人上车时，天已渐渐暗下来。路过赤溪镇吃晚饭时，身上的体温已经把湿漉漉的衣裤烘得半干了。镇长特意为大家准备了黄酒和姜茶驱寒。庆幸的是没有人生病，我才松了一口气。抵达渔寮已是夜间10点多钟了。而开车送我们的八位司机没有休息便又连夜返回。关于这次意外的小插曲，我开玩笑地对大家说，雨冲走了我们的汗水和尘土，也冲走了我们的娇气和酸气。不管你愿意还是不愿意，统统都接受了一次大自然的洗礼。

4

按照以往的常规，“青春诗会”是先改稿、定稿之后再参观访问。但日程既已排定，难以更改，只做了适当压缩，诗会与参观必须交叉进行，而且所有的晚上都安排改稿。这样一来老师和学员自然十分辛苦。一有空隙，大家便会抓紧时间交流，彼此切磋，相互学习，取长补短。在车上、在餐厅、在房间、在沙滩，青年朋友们都在谈诗说艺。有的改稿直至凌晨3时而不眠，有的抽空与老师一起为东道主题诗作画，令诗会洋溢着诗情画意。

9月2日，大家用了一整天的时间谈诗。上午集中交流诗歌创作体会，每一个人都谈了写作的感受，同时表现出对当前诗坛现状的关注。还用一部分时间由几位辅导老师对大家的作品分别进行讲评。这是最富激情的话题和切近主题的活动，大家早已迫不及待，因此气氛十分热烈。根据几位老师的讲评，和作品初选时梅绍静老师的意见，以及我个人的看法，现综述如后。

这届“青春诗会”之中，三位女性的诗比较整齐，个性特征明显，是近年颇引人注目的新秀。赵丽华善写小诗，努力追求传统与现代的结合，用口语的形式较准确形象地表现自己对生命的体悟，也能从司空见惯的日常生活中发现和提炼诗意。写爱情也新鲜大胆，看似不经意中，却有意外之思。

寒烟与赵丽华的热情不同，显得更为含蓄蕴藉。她的诗中深刻的生命体验和人生追求紧密结合，给读者强烈的情感辐射，且文字考究，语言的背后留有足够的空间，耐人寻味。让人在寻觅和感悟中获得诗意的启迪，获得美的享受。

沈娟蕾的诗，感觉非常好。从她的诗中可以感觉到一种宁静与愉悦，一种真实美好心灵的流露。当然也是追求以小镇生活入诗，没有框框，自然放松，但不放任。语言虽是口语，却很凝神，读来颇有韵致。

她们三人中赵丽华的随意性是明显的。寒烟则忽视了诗的细节，可否从形而下的角度观察认识生活，注重女性的细腻与温润。沈娟蕾的诗中经验和理性把握不足。随着生活阅历的增长，会由明丽趋向深邃。

李双是诗会中唯一没有职业的“职业”写作者。爱人教书，他除了照看孩子就是写诗。身处农村，生活拮据，也目睹黄泛区的贫瘠和乡亲的艰苦与坚韧。因此，他的写作是生命的喷发，从痛苦的思索中来，真实、痛感、沉重，看似平淡的生活细节中饱含激情的漩涡，自然突兀。语言也富有表现力，低沉中不失美好处和亮点。同伴们对他的诗比较看好，起点高，认为如果眼界更开阔，调整好人生、现实与社会关系，拓宽生活层面，才情会更喷薄。

这里所选姜桦的诗，多以海滨滩涂及湿地为题材，表现人与大自然的默契和矛盾的生存状态。代表了他个人的诗意发现及艺术追求。他的诗像一幅幅宁静温馨的风景画，平静地诉说他的向往与遗憾。虽然他在不断地变换视角，不断地开掘，但我与剑都和他谈到一种担心：

诗会期间参会人员合影：左起姜桦、刘德吾、汪剑钊、南歌子、金肽频

即自我重复。当然他也意识到了。因为除了自然生态，还有另一种生态需要关注，即灵魂。

南歌子和黄崇森都是以大海为背景或直接触摸大海的青年诗人。两人在同一题材上有某种暗合，生命体验都离不开海，这片蓝色的“土地”中深藏着他们对故乡的爱。两人又各不相同，各有特色。南歌子不局限于海，更趋向精神和人生的关照，通过人生的印迹，表现自我，还原“真善美”——诗的本质。而黄崇森则比较客观，善于反映人与自然和谐的美的律动，感觉细腻，语言清润、圆熟，是当前所见写海的诗中比较优秀的。手法现代，骨子里却是“古典的”，充满生机的意象，有咸味儿的生活气息和提纯的芬芳。大海和精神都是博大的，探索永无止境。现当代经典作家和海洋诗人的作品，定能调动我们的阅读兴趣，或许可以从中受到启迪和教益，使两位青年的诗更趋成熟、精致。尤其能克服南歌子自我感觉良好的盲目性。

王顺健和金肽频的诗切近现实，关注社会生活的变化十分投入。

2001年1月9日，十七届“青春诗会”期间，马利军与雷霆老师合影

王顺健努力突破传统的方式，对人性中美与善的张扬和对丑恶的针砭，使人心理的触动直接而又强烈。金肽频对社会场景、城乡变革的真切描述充满热情，有新的视点，引人联想、思考。风格朴实硬朗。王顺健在诗的叙述中对现代语汇的运用或稀释似觉不足，显得生硬，尚欠自然。金肽频仍有职业记者的新闻写作的痕迹。新闻点与诗的发现应该是有区别的，诗人重在感觉。

李志强和马利军来自企业，一个工作在铁道线上，一个生活在黄河入海口的大油田。因长期劳动在生产第一线，都有深入扎实的生活基础，了解工人的思想感情及愿望。并且他们都曾经有过相似的调皮和迷惘的经历。是诗引导他们走上一条正确的人生之路，成为热爱工作，有知识有理想的青年。李志强的这组诗读来使人感觉亲切，他能把蕴藏于日常生活中的美感传达给读者，原汁原味。对他投身的工作的爱像体温和呼吸那么自然，视野广阔。语言明朗洗练，富有情致，也有一定厚度。内涵与形式都有较大突破。马利军和李志强一样，对自己从事的行业带有“根”的情结。目前工业题材的诗已不多见，他以石油工人的眼光看世界，反映他们的心声和精神风貌，展示经济建设的宏伟画卷。表现形式上也不断求新。只是李志强和马利军都有“大而化之”的缺憾，如能拙中见巧，在构思上再下功夫会更好些。

友来与叶晔同是苍南作者，可谓出手不俗。友来对故乡的一事一物一景，都能碰撞出感情的火花，跳荡而灿亮。较之黄崇森，友来更多个人主观情感的投射，体验显得独特，语言成熟练达，有音乐的状态。叶晔亦有灵气，情思飞动，语言结实凝重，有个性，无拘无束，自由奔放，短诗显得更精致。友来和叶晔都是有感而发，不矫情，无矫饰之嫌。友来是此次诗会中年龄最小的，因早熟，偏重技巧而少谋篇。叶晔见什么写什么，想什么写什么，缺乏追求的目标及探索的领域，有些盲目。语言也有造作之处。

俄尼·牧莎斯加是唯一的少数民族诗人。他的诗是民歌风格，有显著的地域特色和生活气息。语言单纯甜美，却内涵至诚，细节生动。读之有音乐感，回想也有余音。这种诗中的平和气象及人间烟火味儿，当是读者和天地中人的希求与憧憬。山地民族不是永远与世隔绝的。生活及思维方式也不会一成不变，与外部世界的沟通，对新生活的向往也是必然的。斯加的诗中也有新表现。我和他就乡土诗内容及形式如何创新交换了意见，乡土诗不仅仅是民俗与乡风的展览，必须革新观念和方式，在“新”字上下功夫。当然是吸纳而不是抛弃。我们相互的观点是认同的。

牧南不乏唯美的艺术追求，有意识为自己选择一副镣铐，非严格的十四行体，语言成熟，讲求文字技巧。但太华丽，感觉内中凝滞，不够鲜活灵动，本真的体验淡弱。如果情感更浓烈些，个人体验更直接更深刻些，内在的含氧量也许会充足。

凌冀多以江西的历史文化为题材，且工精短小诗，不乏峭拔机警之处。对他以前的一些作品印象颇深。这里的诗虽保持了原来的风格却有失应有的大气，与现实背景结合不够，缺少扎实和细致的体悟，显得空泛，因此减弱了诗的力度。

东林有意接近现实，从切身的体验观察入手，融入真情实感，对他的故乡吕梁山区群众物质和精神贫困的忧患是值得肯定的。表现形式上，对现代语言方式的运用，也做了有益的尝试，但不够到位，有空泛的缺憾，有新闻的敏锐，却少了诗人观察的细腻和悟性。如能从细节切入，进一步开掘，或许会好些。

5

本届“青春诗会”从整体看，水平是大致整齐的。各具个体特征，彼此拉开了审美距离，没有面目相似的感觉；没有疏离现实生活和玩弄文字游戏的怪诞与颓唐。也没有互相排斥的倾向。文学与艺术是相互借鉴、融合，没有排他性。这一观念是认同的。诗友之间也表现出彼此关心，虚心学习的风范。发现好诗，大家争相传阅。东林慷慨解囊，掏一千元资助生活困难的斯加。还自费为集体制做两面锦旗赠送东道主。做了好事却不肯张扬，大多数诗友并不知晓，我也是他走后才听说的。

在诗歌研讨中，也暴露个别人的诗歌观念上的偏颇。如认为“传统被踹了一脚，完全垮了”。创新是必然的趋势，应该肯定和鼓励。但每一位诗人无论是文本或经验都离不开传统的根基。无源之水，无根之木是不存在的。这正是一个陈旧的话题。传统并非那么脆弱。诗人对新的世界的创造，并不意味对传统母性的否定。无土栽培毕竟无法培育出参天大树；克隆术可以取代性繁殖，却离不开人体细胞。所以传统的地位是难以否定的。

“青春诗会”是老一辈诗人和编辑开创的“希望工程”，是经过20余年辛勤培育的一个知名“品牌”。我们只有倍加爱护和负责的义务，没有松懈和玷污的权利。《诗刊》编辑会老化、会更替，但这个事业会像接力棒一样在编辑的手中传递下去，青年诗人会一代代成长起来。青春永远与诗同行。

中国是诗的国度，曾经是，现在是，将来也是。只不过一个时期有一个时期的表现形式。如果没有诗的激情，中国就没有今天的精神高度和辉煌。就像水变成了冰，诗的灵魂却不会改变。

青春诗会

第十八届

第十八届（2002年）

时间：

2002年5月24日～29日

地点：

安徽合肥—黄山九龙山庄

指导老师：

李小雨、周所同、梁小斌、韦　锦

参会学员（14人）：

哨　兵、黑　陶、江　非、刘　春、张岩松、庞余亮、杜　涯、魏　克、姜庆乙、鲁西西、胡　弦、李轻松、张　祈、雨　馨

第十八届“青春诗会”与会者合影。前排左起：周所同、文艺报记者、雨馨、梁小斌、李轻松、鲁西西、李小雨、杜涯；后排左起：张祈、庞余亮、黑陶、韦锦、胡弦、记者、张岩松、大卫、江非、魏克、姜庆乙、刘春

诗人档案

哨兵（1970~　），湖北洪湖人。参加过《诗刊》社第十八届“青春诗会”。曾获《人民文学》新浪潮诗歌奖、《十月》年度诗歌奖、第二届《芳草》汉语诗歌双年十佳、《中国作家》郭沫若诗歌奖、《长江文艺》年度诗歌奖、《文学港》储吉旺诗歌优秀奖、湖北文学奖、屈原文艺奖等奖项。出版诗集《江湖志》《清水堡》《蓑羽鹤》等。

童年对视

哨　兵

我曾与一只被网猎的红脚鹬长久对视
那时我六岁，斜躺在
父亲怀里，与那只水鸟
处在相同的生长期。我记得
红脚鹬，羽毛
纯白，尖嘴
深黑，瞳仁
湖蓝色，闪动芦苇的影子
大人们蹲在网外，小声争吵
怎么样烹了这一只水鸟。红脚鹬
却撑开翅膀，撞向
那张网。我知道
红脚鹬想干什么，水鸟
只愿飞回洪湖。就像我在童年
只崇拜父亲

童年对视

哨兵

我曾与一只被网猎的红脚鹬长久对视
那时我六岁，斜躺在
父亲怀里，与那只水鸟
处在相同的年龄期。我记得
红脚鹬，羽毛
纯白，尖嘴
漆黑，瞳仁
湖蓝色，闪动芦苇的影子
大人们蹲在网外，小声争吵
怎么样烹了这一只水鸟。红脚鹬
却撑开翅膀，撞向
那片网。我知道
红脚鹬想干什么，水鸟
只愿飞回洪湖。就像我在童年
只崇拜父亲

（第18届青春诗会作品）

诗人档案

黑陶（1968~ ），出生于江苏宜兴丁蜀镇。1990年毕业于苏州大学中文系。现居无锡。中国作家协会会员。出版个人作品主要有“江南三书”：《泥与焰：南方笔记》《漆蓝书简：被遮蔽的江南》《二泉映月：十六位亲见者忆阿炳》，以及诗集《寂火》《在阁楼独听万物密语》等。参加过《诗刊》社第十八届“青春诗会”。曾获《诗刊》2002年度作品奖、中国首届头条诗人奖、中国第二届田园诗歌奖、江苏省紫金山文学奖等奖项。

童年那深蓝色的……

黑　陶

灰瓦的房子
储存过
春天傍晚
父亲和我说话的
微暗声音

那声音
在寂静中
依然
停在那里

一如古老的乡镇星空
还在继续
童年那深蓝色的
细细燃烧

童年那深蓝色的……

黑陶

灰瓦的房子
储存过
春天傍晚
父亲和我说话的
微暗声音

那声音
在寂静中
依然
停在那里

如古老的乡镇星空
还在继续
童年那深蓝色的
细细燃烧

2018年4月16日写
2020年6月5日抄

诗人档案

江非（1974～　），山东临沂人。现居海南。曾参加《诗刊》社第十八届“青春诗会”。著有诗集《泥与土》《传记的秋日书写格式》《白云铭》《傍晚的三种事物》《夜晚的河流》《一只蚂蚁上路了》等。曾获华文青年诗人奖、徐志摩诗歌奖、《诗刊》年度青年诗人奖、茅盾文学新人奖、《北京文学》奖、海南文学双年奖等奖项。

一只白鸡

江　非

如何想起一只白鸡

想起它在一道栅栏下啄食
红色的鸡冠有节奏地扇动
其他的鸡都是灰的
只有它是白的

想起它单脚立于栅栏之上
一只爪子轻轻地挠着脖子
它不是特别的
它只是一件白色的事物

雪后的空地上
一只白鸡融身于另一种类同的物体

想起它向远处踱去
在关涉着别处的生活
又向着近处笔挺地走来

一只白鸡是你爱过的
一件白色的衣物
白色有关于白色的记忆
白永不会倾塌

如何把一只白鸡想起得
更加准确，更加清晰

一只栖宿于高高的树桠上的白鸡
它浑身都是雪白的
它在高处
只有它硕大的鸡冠是红色的
白鸡是红色的

一只白鸡

江非

如何想起一只白鸡

想起它在一道栅栏下啄食
红色的鸡冠有节奏地扇动
其他的鸡都是花的
只有它是白的

想起它单脚立于栅栏之上
一只爪子轻轻地搔着脖子
它不是特别的
它只是一件白色的事物

雪后的空地上
一只白鸡融身于另一种类同的物体

想起它向远处踱去
在关注着别处的生活
又向着远处笔挺地走来

一只白鸡是你爱过的
一件白色的衣物
白色有关于白色的记忆
白永远不会倾塌

如何把一只白鸡想记得
更加准确，更加清晰

一只栖落于高高的树枝上的白鸡
它浑身都是雪白的
它在高处
只有它硕大的鸡冠是红色的
白鸡是红色的

2019年11月5日

诗人档案

刘春（1974~　），出生于广西荔浦。现居桂林。中国作家协会会员。作品散见于《人民文学》《上海文学》《花城》《钟山》《天涯》等。著有诗集《幸福像花儿开放》，评论集《一个人的诗歌史》等多部。获得过华文青年诗人奖、北京市文艺评论奖等奖项。2002 年参加《诗刊》社第十八届“青春诗会”。

一个俗人的早晨

刘　春

从树林边走过。在清晨
我听到树木在交谈，它们的呼吸
轻柔恬淡，如果是冬天，我会幻想那是它们身上
飘荡的白色羽毛
而这是五月，天气状况已允许市民穿着单衣
我因此有了闲情。
我原以为它们是一个群体
靠一些理想、一些谎言相互取暖
而雾气中，轮廓逐渐清晰
最后，我看到它们的样子：清瘦、独立
仙风道骨

一个俗人无权在这个纯洁的早晨说话
像山里的孩子看到狐仙

发不出一丝声响
有时候，我也会学着树木的模样
静静站立，想成为自己
而大地看出了破绽——
只需一点压力，我的腰身就会不由自主地弯曲
只需一点点诱惑，我的体内就会伸出无数只手指

一个给人的早晨

刘春

从树林边走过，在清晨
我听到树木在交谈，它们的呼吸
轻柔恬淡，如果是冬天，我会幻想
那是它们身上飘落的白色羽毛
而这是五月，天气状况已允许市民穿着单衣
我因此有了闲情。
我原以为它们是一个群体
靠一些理想、一些谎言相互取暖
雾气之中，轮廓逐渐清晰
最后，我看到它们的样子：清瘦、独立
仙风道骨

一个俗人无权在这个纯洁的早晨说话
像山里的孩子看到了狐仙
发不出一丝声响。
有时候，我也会学着树木的模样
静静站立，想我为自己
向大地看出了破绽——
只需一点压力
我的腰身就会不由自主地弯曲
只需一点诱惑。
我的体内就会伸出无数只手指

2002.

诗人档案

张岩松（1961～　），安徽无为人。诗人、书法家。中国作家协会会员。出版诗集《木雕鼻子》《劣质的人》《一个夺走的当代图景》。参加《诗刊》社第十八届“青春诗会”。作品入选《大学语文》及《中国现代文学史》。

洗手癖

张岩松

出于好奇
我摸进树干新勒出的沟痕里
新鲜痕迹仍在悸动
我摸到绳索

回家后我对着镜子恐吓自己
宛如稻草人

放开水龙头冲洗
冲走一个声音
我把手洗得苍白
塞进毛巾里擦干

入夜，我掖好被角

又摸到树痕里粗犷的绳索
我溜进盥洗室
手插进滢滢的水池
我长久地浸泡
手的边缘开始浮肿

我要洗干净
这跟我毫不相干的绳索

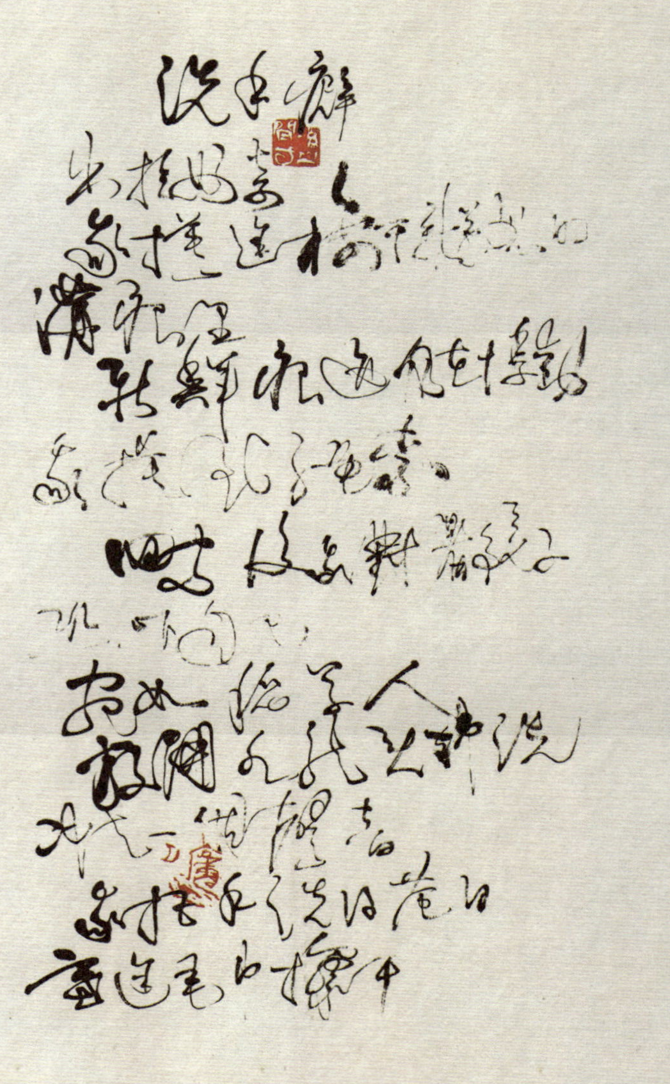

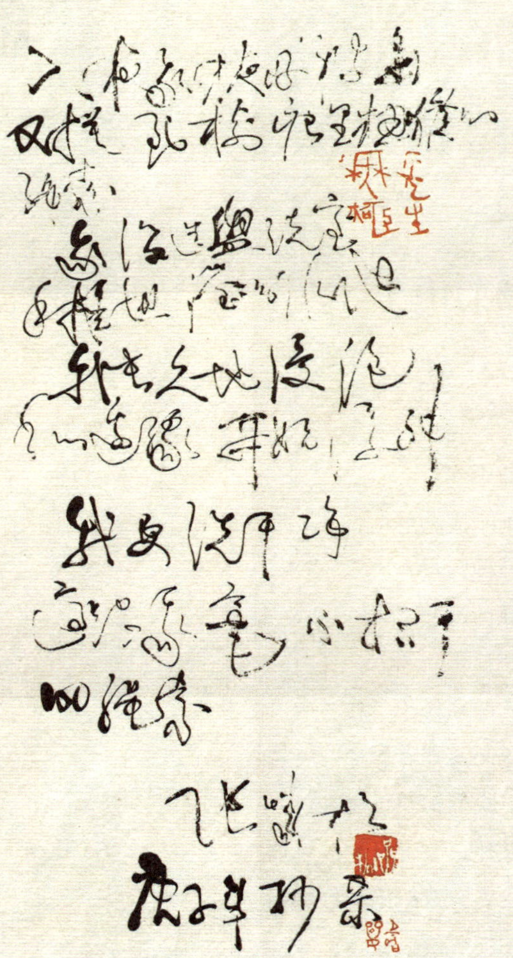

诗人档案

庞余亮（1967~　），生于江苏兴化。中国作家协会会员。著有长篇小说《薄荷》《丑孩》《有的人》《小不点的大象课》《神童左右左》《我们都爱丁大圣》，散文集《半个父亲在疼》《顽童驯师记》《纸上的忧伤》，小说集《为小弟请安》《擒贼记》《鼎红的小爱情》《出嫁时你哭不哭》，诗集《比目鱼》《报母亲大人书》，童话集《银镯子的秘密》《躲过九十九次暗杀的蚂蚁小朵》等。有部分作品译介到海外。获得过柔刚诗歌年奖、紫金山文学奖、孙犁散文双年奖、首届曹文轩儿童文学奖等奖项。为江苏省首届紫金文化英才。

去养鹿场的中午

庞余亮

去吃梅花鹿的中午
养鹿场像是刚刚成型的流言
昨天夜晚的种种疑点
今天上午的种种斑驳

养鹿场场长就像乡村小学校长
那些年轻的鹿们遵守着纪律
在黑夜里也不脱下梅花校服
清澈见底的眼神，欲言又止的嘴唇
这些少年一定渴望着鲜艳的红领巾

哦，一切都是为了我的叙述，仿佛
在梦中，午餐时分，养鹿场场长取下鹿的肋骨
并炸成肉排，洒上热情的老辣粉

——是我们吃下了我们的乡村小学

这是多么空旷和空虚的下午
养鹿场一片寂静，阳光透过树林
幸存的梅花鹿侧着身午睡
它们是否梦见了餐巾和桌布的抒情
正被养鹿场场长随手一扔——

黄昏就随之而来。滞销的梅花鹿们
目睹着我们一一离去
它们身上的种种疑点
我们身后的生活斑驳

去养鸡场的中午

戚余光

去吃桶花鸡的中午
养鸡场像是刚刚成型的福音
昨天晚上的种种疑点
今天上午的种种预设

养鸡场场长就像乡村小学校长
那些年轻的鸡们遵守着纪律
在黑夜里也不脱下桶花校服
清澈见底的眼神、欲言又止的嘴唇
这些少年一直渴望鲜艳的红领巾

哦，一切都是为了我的叙述，仿佛
在梦中，午餐时分，养鸡场场长取下鸡的肋骨
并炸成肉排，洒上热情的老辣粉
——是我们吃下了我们的乡村小学

这是多么空旷和无聊的下午
乔依妈妈一片寂静，阳光透过树林
靠在的棉花像侧躺着身午睡
它们是否梦见了餐巾和桌布的激情
直到乔依妈妈她随手一抖——

黄昏就随之而来。潮湿的棉花们
目睹我们一一离去
它们身上的种种疑虑
我们身后的生活蹉跎。

2002年第18届青春诗会
作品

诗人档案

杜涯（1968~ ），女，出生于河南省许昌县乡村。毕业于许昌地区卫校护士专业。12岁开始写诗。2002年参加《诗刊》社第十八届“青春诗会”。出版有诗集《风用它明亮的翅膀》《杜涯诗选》《落日与朝霞》。先后获《诗刊》社“新世纪十佳青年女诗人”称号、刘丽安诗歌奖、《诗探索》年度奖、《扬子江》诗学奖、第七届鲁迅文学奖等奖项。现居许昌市。

秋日之诗

杜 涯

秋天，山峰向碧蓝的天空里高耸
我似乎听见它温和的问话：“你还在
那里吗？你是否还记得自己是谁？”

一棵槐树或法桐亮出了黄叶，像词语
一年一次，它用油彩写出印象派诗歌
在缭绕着轻雾的安静原野上

天穹辽阔、寂静，向远处的深邃里漫去
我望着那里，一如往日所有的凝望
我听见自己含泪的声音：“你在哪里？”

一生，我都在大地上行走，在夜晚寻找那颗星
当我在许多个晨曦中醒来，霞光照在河岸和树林中

又一次，我在你的庇护中向着未知起行

而今，天空高远、深蓝，像亘古中的每一天
我已得到肯定的回答——一切的群山，群峰上
的寂静，一切的朝霞的光芒或忧郁，我们明天相见，重逢

别了，大自然；别了，永恒不变的黄昏处的影像
我多想留在树丛边，仰视你时空里的永在庄严、沉静

不可挽留地，树木的黄叶哗哗地落下
而一阵秋风却从空中带着音律吹过
像谁的安慰之手，轻轻拂过万物的哀愁

秋日之诗

杜涯

秋天，山峰向碧蓝的天空里高耸
我似乎听见它温和的问话：“你还在
那里吗？你是否还记得自己是谁？”

一棵槐树或法桐亮出了黄叶，像词语
一年一次，它用油彩写出印象派诗歌
在缭绕着轻雾的安静原野上

天穹辽阔、寂静，向远处的深邃里漫去
我望着那里，一如往日所有的凝望
我听见自己含泪的声音：“你在哪里？”

一生，我都在大地上行走，在夜晚寻找那颗星

当我在许多个晨曦中醒来，霞光照在河岸和树林中
又一次，我在你的庇护中向着未知起行

而今，天空高远、深蓝，像亘古中的每一天
我已得到肯定的回答——一切的群山，群峰上
的寂静，一切的朝霞的光芒或忧郁，我们
　明天相见，重逢

别了，大自然；别了，永恒不变的黄昏处的影像
我多想留在树丛边，仰视你时空里的永在
　庄严、沉静

不可挽留地，树木的黄叶哗哗地落下
而一阵秋风却从空中带着音律吹过
像谁的安慰之手，轻轻拂过万物的哀愁

2016.10.

诗人档案

魏克（1970~　），生于安徽省肥东县肖圩公社小魏大队小魏村。诗人、作家，纪录片微电影编导，职业漫画家。1997年毕业于中央戏剧学院戏剧文学系。1995年起，在《花城》《诗刊》等杂志发表诗歌、小说、散文、评论多篇。诗歌入选多种诗歌选本。2002年7月参加《诗刊》社第十八届“青春诗会”。2007年，策划“首届中国现代诗画大展”。2013年，策划“第二届中国现代诗画大展”。曾获奖若干。已出版有《大话校园》《零点阳光》《漫画名人名言》《魏克诗画》等十余本图书。

缺少了魏克的行走

魏　克

缺少了魏克的行走
文德路　一下子变得如此荒凉

2001年10月12日下午
当我再次来到文德路
我感到路面如此坚硬
像是对我的一种驱逐
苍白的阳光下
那潜伏着的荒凉
让我的双手开始发抖

在它没有改变的街道上
一切都已改变
一切都已　冰凉一片

缺少了魏克的行走
文德路　终于陷入了它自己的荒凉
在我离开它的瞬间　它已坍塌
如同一个孤独的人倒在自己的内心
我看到我留在它面孔上的火焰
已被吹灭

那巨大的荒原
不再有魏克的脚步
为它掀起阵阵波浪
我是它镀着阳光的船桨
在有我行走的日子里浪花四溅
远离黑夜和沼泽

当我再次来到文德路
阳光多么明亮
路面上发着一种寂静的反光
像是我往日生活　那遥远的墙

失去了魏克的行走
文德路　你的名字已经改变
你知道你自己
在没有魏克行走的这些日子里
已经变得
多么荒凉

缺少了魏克的行走

缺少了魏克的行走～～
文德路 一下子变得如此荒凉

2001年10月12日下午
当我再次来到文德路——
我感到路面如此坚硬
像是对我的一种驱逐——
苍白的阳光下
那潜伏着的荒凉
让我的双手开始发抖

在它没有改变的街道上
一切都已改变
一切都已 冰凉一片

缺少了魏克的行走～～
文德路 终于陷入了它自己的荒凉
在我离开它的瞬间 它已坍塌
如同一个孤独的人倒在自己的内心.
我看到我留在它面孔上的火焰
已被吹灭

那巨大的荒原
不再有魏克的脚步
为它掀起阵阵波浪
我是它镀着阳光的船桨
在有我行走的日子里浪花四溅
远离黑夜和沼泽

当我再次来到文德路
阳光多么明亮
路面上发着一种寂静的反光
像是我往日生活　那遥远的墙

失去了魏克的行走……
文德路　你的名字已经改变
你知道你自己
在没有魏克行走的这些日子里
已经变得

多么荒凉

魏克
2001.11.11. 写于广州天河区
2020.5.25. 晚 书于山东省
济南市槐荫区河头王村
文德路：广州市中心的一条路。

诗人档案

姜庆乙（1969~　），满族，生于辽宁宽甸。12岁因病失明，现以盲文写作。参加《诗刊》社第十八届“青春诗会”。中国作家协会会员。诗作入选《〈诗刊〉五十周年作品选》等多种选本。出版诗集《盲道》。获辽宁文学奖、《民族文学》年度诗歌奖，盲人优秀文学一等奖。为《诗潮》杂志社评选的“自强荣誉中国十大诗人”。

灵魂的铲子

姜庆乙

挖掘了多久
冻土拓印出隐隐的内伤
一滴泪水
揣在心里
大陆架开始摇晃

天空的高是光挖出的
我的铲子明亮美满
三十二眼水井储存
年华的夜色

谁挖走我的眼睛
挖走心坎上的庄稼
劈开生命的秘密

又用泥土弥合我
土造的肉身

挖着什么，夜以继日
这是前行的唯一路标
敲打磐石涌出泉水
泉水里除了渴还游着
一尾怎样的鱼

挖吧，什么都曾有过
什么都不会再有
唯独不能忘记那把铲子
（锹或者手指）
我攥紧住的灵魂和
攥紧我的那人发出
同样的喘息

灵魂的铲子

姜庆乙

挖掘了多久
冻土拓印出隐隐的内伤
一滴泪水
揣在心里
大陆架开始摇晃

天空的高是先挖出的
我的铲子唰亮羡满
三十二眼水井储存
年华的夜色

谁挖走我的眼睛
挖去心坎上的庄稼
劈开生命的秘密
又用泥土弥合我
土造的肉身

挖着什么，日以继夜
这是前行的唯一路标
就打磐石涌出泉水
泉水里除了渴还游着
一尾怎样的鱼

挖吧，什么都曾有过
什么都不会再有
唯独不能忘记那把铲子
（锹或者手指）
我攥紧住的灵魂和
攥紧我的那人发出
同样的喘息

代表作　刊于2002年"青春诗会"专号

诗人档案

胡弦（1966~　），生于江苏铜山。诗人、散文家。著有诗集《沙漏》、《空楼梯》、《石雕与蝴蝶》(中英文双语)，散文集《菜蔬小语》《永远无法返乡的人》等。2002年参加《诗刊》社第十八届“青春诗会”。曾获《诗刊》社“新世纪十佳青年诗人”称号，《诗刊》《星星》《十月》《作品》等杂志年度诗歌奖，花地文学榜年度诗人奖，腾讯书院文学奖，柔刚诗歌奖，闻一多诗歌奖，徐志摩诗歌奖，十月文学奖，第七届鲁迅文学奖等奖项。现居南京。

风

胡　弦

无处不在
透明的一群在行动

像最基层的群众
目光能轻易穿透它
却又像什么也没有看到……

全体出动，制造风暴和大革命
大部分时候
只是其中很少的一部分
忙忙碌碌
在互相推动中改变了方向

微型的

活在我们肺里
深入浅出
把我们的一生
呼吸掉

风

树才

无处不在
透明的一群在行动

像最基层的群众
目光能轻易穿透它
却又像什么也没看到

全体出动
制造风暴和大革命
大部分时候
只是其中很少的一部分
忙忙碌碌

在相互推动中改变了方向

微型的
活在我们肺里
深入浅出
把我们的一生
呼吸掉

注：此诗刊于2002年10月《诗刊》
青春诗会专号

诗人档案

李轻松（1964～　），女，辽宁凌海人。毕业于中央戏剧学院。二十世纪八十年代开始文学创作。著有诗集、散文随笔集、长篇小说、童话集等二十余部，多次荣登图书排行榜。曾参加《诗刊》社第十八届“青春诗会”。荣获第五届华文青年诗人奖等多种奖项。在《南方周末》开设个人专栏《行走与停顿》。另有诗剧、话剧、音乐剧、评剧、京剧、电影、电视剧等戏剧影视作品数种。现居沈阳。

日落大道

李轻松

从行将消失的时光中转身，从黄金中
提纯。从生活结束的地方
开始活着，并默默地看着日落大道

可以依傍的东西越来越少。虚无的风啊
从我的身体里浪费
浪子一样抽身而去
而我的善良，正无边地损毁着我

一个失语的人，还用什么说话？
我已习惯隐痛，并不急于表达
我只是要把这段时间看到发白。

以及一些坚硬的事物

它们用黄金装饰痛苦
用某种根须来粉饰艺术
用我从未了解的爱，来消解我的命运

我从容地走过，在脚步的鼓点里
燃起最微弱的火。无论声音怎样低下
我都会看到比我更低的生存

日落大道

李轻松

从行将消失的日光中转身，从黄昏中
提纯。从生活结束的地方
开始活着，并默默地看着日落大道

可以依靠的东西越来越少。苍天的风呀！
从我的身体里浪费
浪子一样抽身而去
而我的善良，正无边地损毁着我

一个失语的人，还用什么说话？
我已习惯隐痛，并不急于表达
我只是要把这段时间看到发白。

以及一些坚硬的事物
它们用羞涩装饰痛苦
用某种轻微来粉饰艺术
用我从未了解的爱，来消解我的命运

我从容地走过，在脚步的鼓点中
燃起最微弱的火，无论声音怎样低下
我都会看到比我更低的生存

2001.12.3

抄于2020年6月27日

诗人档案

张祈（1971～　），生于河北沧州。现居北京。1992年起发表作品。著有作品集《飞翔的树》《张祈诗文集》，协助诗人北岛编辑《给孩子的诗》等。参加《诗刊》社第十八届“青春诗会”。代表作《遥远岁月里的中国》在诗坛引起反响。同时翻译外国诗歌和写有诗歌评论、散文若干。

诗二首

张　祈

黄昏中的三棵树

我看见有三棵树
伫立在幽暗的暮色里
显得异样的温柔、挺拔与坚定
我在心里悄悄地给他们取下了名字
——爱情、信仰与生命

奥妙的诗

直到我从遥远世界的尽头归来，
我才会写这种神秘而简单的诗
——比如说，时间是一道
向 50 个方向敞开的门，
白天是金色的大硬币
在普鲁士蓝的森林里燃烧；
夜晚则是银色的弯钩
镶嵌在星辰大教堂的塔尖。

詩二首

張祈

黄昏中的三棵树（2002）

我看见有三棵树
伫立在幽暗的暮色里
显得异样的温柔、挺拔与坚定
我在心里悄悄地
给他们取下了名字
——爱情、信仰与生命

奥妙的诗（2019）

直到我从遥远世界的尽头归来，
我才会写这种神秘而简单的诗
——比如说，时间是一道
向50个方向敞开的门，
白天是金色的大硬币
在普鲁士蓝的森林里燃烧；
夜晚则是银色的弯钩
镶嵌在星辰大教堂的塔尖。

诗人档案

雨馨（1972~ ），女，中国作家协会会员，中国散文学会会员，中国戏剧文学学会会员。曾参加《诗刊》社第十八届“青春诗会”。鲁迅文学院第十五届高研班结业。曾获台湾第二届薛林诗奖、第七届冰心散文奖、四川散文奖、重庆文学奖等奖项。曾出版诗集《水中的瓷》，散文集《会呼吸的旅行》《带一颗波西米亚的心去流浪》，手绘童话集《一只爱幻想的羊》，长诗《生长的城》等。现居重庆。

灵魂是蓝色的

雨　馨

灵魂是蓝色的
是无数小灰尘躲在瓷盘里
一只小盒子上
呼着热气

灵魂是蓝色的
附着在春天的嗅觉里
有时
他们又在树梢刺疼的天空上
这样飘荡

无家可归的人
我只是你们中间
每个深沉的那枚沙砾

风可以轻而易举
把我们吹远
或带到一朵小小的云彩底下

灵魂是蓝色的

和馨

灵魂是蓝色的
是无数小龙宝躲在瓷瓮里
呼着热气

灵魂是蓝色的
附着在春天的嗅觉里
有时
他们又在相互描到蓝蓝的天空上
自由飘荡

无家可归的人
我只是你们中间
那被目光深沉的湖泊
风可以轻而易举
把我们吹远
或带到一朵小小的云彩底下

第十八届"青春诗会"日记

周所同

5月24日　晴　星期五

列车停下，太阳升起，你好，七点钟的合肥。

今天是诗会报到日，虽然花草树木叶子下还藏有隔夜的雨声，但太阳一照，就是江南的好天了。难怪前来接站的张岩松、梁小斌一见面就说，青春诗会给安徽带来了好天气！

刚住下，安徽省、合肥市的各路新闻媒体便闻讯前来采访报道：实徽省作协及《诗歌月刊》的负责同志，也赶来为大家接风洗尘；在合肥的往届"青春诗会"的诗人和诗歌爱好者也匆匆前来聚会；诗歌的感召力和凝聚力真是无处不在啊！

按预定计划，下午四点三十分，我们赶到市区一家医院看望住院的老诗人公刘，老人得知我们要来，早早坐在病房的沙发上等候。当《诗刊》副主编李小雨向公刘转达了《诗刊》主编高洪波、常务副主编叶延滨的问候和祝福，并代表本届"青春诗会"及《诗刊》社全体同志向老诗人献上祝福的鲜花时，老人显得有些激动，他紧紧握住我们的手说："'青春诗会'是《诗刊》的老传统，培养了许多诗歌新人，我祝诗会圆满成功。"告别时，老诗人再三向关心他的诗歌界的朋友们表达了深挚的谢意；我们频频回首，每个人心里都在祝福老诗人早日康复。

晚上的预备会，其实就是见面会。水路旱路，兼程而来的诗人们欢聚一堂，各自介绍情况，见面即成朋友。大约晚十时左右，我正与同屋的诗人张祈下围棋，西装笔挺、领带严肃、满脸哲学的梁小斌推门进来，说要看诗会的作品，他的庄重与认真，令我先是尴尬，后是感动。这个以《中国，我的钥匙丢了》和《雪白的墙》而闻名遐迩的诗人，今夜，你是不是要守着一盏灯，一摞诗稿，一直熬到天明呢？

5月25日　晴　星期六

由合肥去黄山，其实就是一次皖南之旅，近六小时车程，穿行在青山绿水之间，即便是长路也显得短了。中午，我们到达本届诗会的召开地——黄山脚下的九龙山庄，一路跟来的山水也停在了周围。推窗望去，翡翠谷的云雾从九龙瀑泻下来，一条山溪数着卵石和游鱼从门前潺缓而过：蛙鸣、露珠、茶园、鸟影以及那一袭红衣的野杜鹃都是不敢深想的美……

下午四点三十分，在这美好如诗的意境中，本届“青春诗会”正式开幕。李小雨首先转达了《诗刊》领导高洪波、叶延滨对诗会的祝贺和对诗人们的问候。

诗会女诗人合影。左起：鲁西西、雨馨、李小雨、李轻松、杜涯

她谈到新诗自五四运动起，在诸多文学样式中，始终是充满活力，独具个性的，其创造精神和先锋意义不言自明。而我们“青春诗会”的创办，是党的三中全会以来思想解放运动的产物，是改革开放大背景下，诗歌领域里的一次变革，具有划时代的意义；它是一个

横断面，清晰、准确、全面地记录了中国新时期诗歌二十多年的创作实践和艺术探索历程，并始终以最先导、最具创造活力的姿态，引领着诗歌发展的潮流。李小雨还对参加这次“青春诗会”的十省市14个诗人强调指出，现实生活对诗人的创作，从来都是十分重要的和不可或缺的，诗人应该是积极的参与者，而不是冷漠的旁观者，只有摆正这个位置，像普通人那样生活，写自己最熟悉、最感动的生活，诗才不会苍白；同时，要把握诗歌创作活动的深刻性、隐秘性，要尊重诗歌艺术的规律，最大限度地解决好传统与现代、中国与外国、形式与内容的传承、借鉴、结合等问题，力争创作出一批既有充沛的生活内容，又有个性化特点；既有鲜明的时代特征，又有独特艺术追求的经典性、导向性的好作品。

为表彰本次诗会的承办者及2002年《诗刊·上半月刊》“年度优秀奖”的资助人张岩松，诗会特为他颁发了证书和奖杯，以此表达我们的敬意和感谢。为筹备这次诗会，他曾两上黄山考察线路、安排食宿。张岩松在即席讲话时说，他虽然下海经商多年，但对诗歌始终热爱有加，以自己的力量为诗歌做一些事，仅是对诗的感恩，写诗与做人一样，是忌讳功利的……

他的话不多，却句句朴素实在，博得了与会者热烈的掌声。梁小斌、韦锦、大卫是诗会的工作人员，也是从往届“青春诗会”走出来的诗人，无论面对诗，还是“青春诗会”，他们的话都满怀深厚的情感，其中的感悟、经验，甚至告诫，若用心倾听，是不敢轻易忽略的。我好像也说了些什么？因刚拔掉几颗“闹事”的牙，说话走风漏气，怕是早跑光了，在此不做记录……

从今天晚上开始，分三个组面对面谈稿，这是历届“青春诗会”的重头戏，须认真对待。因要向全国的诗歌网站发布本届“青春诗会”的消息，并与北京的《华夏时报》进行诗歌互动，分在我这个组的张祈和雨馨，晚饭后就去附近的汤口镇网吧执行任务去了，听说他们是网坛高手，是不是高到黑客的程度？我对网络一窍不通，这辈子只学会抽烟，买两包好烟，还是准备熬夜吧。

诗会期间，姜庆乙与指导老师梁小斌合影

5月26日　晴　星期日

为配合安徽电视台现场采访报道，上午十点三十分，我们将讨论稿件的会场，移到附近山谷里的九龙瀑。头顶的青山、耳畔的飞瀑、四围的花草树木，瞬间，都做了诗歌的听众；张岩松、姜庆乙、雨馨等三位诗人，即兴朗诵了自己新创作的诗篇；涛声、风声、诗声，在山谷间回荡，仿佛天籁之音……电视台那位年轻的摄影师悄悄对我说，他也想写诗，我说，你写吧，他又说，加入你们这个组织要什么条件？我半认真半玩笑地说：忠诚、认真、坚持，或许还要不怕清贫……

上黄山之前，14位诗人的作品，在编辑部里已反复传阅过，基本取得了一致的看法。尽管如此，当面对面与作者交换意见，谈论其中得失时，并不是件轻松的事。逐字、逐句、逐段地推敲，编辑的看法与作者的意见相左时，同组的诗人们也要说出自己的主张；大凡需要斟酌或修正之处，除了语言，技巧不到位之外，或许还有诗歌观念，审美追求方面的碰撞；改好一首诗，甚至比写出一首诗更有难度，而越过这个难度就是一次飞跃和提高。二十多年来，“青春诗会”始终以务实不务虚的姿态，走着自己的路，受到广大诗人、读者的认同、喜爱和信赖。不知不觉中，紧张忙碌的一天又过去了，晚十二点左右，三个小组均按计划完成了讨论稿件任务。那些较为成熟和改动不大的稿件，陆续送到坐镇指挥的李小雨那里，其实，小雨这里更忙乱，她要统一重读每个小组的作品，还要接待直接将稿件拿给她看的作者诗人们都想多方面听听意见，其严肃认真的态度令人感动。

临睡之前，我到《文艺报》和《文学报》两位记者的房间，见他们正伏案整理采访资料，也是同样的紧张和忙碌。

听说，以刘春为首的几个“网民”今晚也去了汤口镇，他们都有各自的诗歌网站，热闹时，也有上百人上网点击，网络诗歌无疑是一道新的景观，极大地丰富和激活了诗歌本身的内涵和可能。此刻，我们虽身处深山老林，但通过网络的互动传播，说不定许多诗人和广大爱好者，正在传阅或下载本届诗会的作品和消息呢？

5月27日　晴　星期一

趁好天，今日上山游览。黄山是著名的世界自然文化保护遗产，大家在山脚下待了两天，谁不想“会当凌绝顶”，看看最高处的风景呢？黄山的奇松、怪石、云海及温泉，为天下四绝，更何况，随着季节、气候的变化，万千奇景会瞬间转换，那景随步移的神秘，令人叹为观止。黄山即诗，而那些具有本质意义的好诗，也应该有着百读不厌的魅力和品质吧？此次，黄山既然与“青春诗会”结了缘，好山好诗就均在大家的期待中了。

黄山诗会期间，偶遇著名作家莫言，大家合影留念

江非、魏克、雨馨、李轻松、刘春、鲁西西合影

在上山的路上，著名作家莫言与著名诗人梁小斌不期而遇，莫言问："你的钥匙找到了吗？"梁小斌笑着转问："你对黄山的感觉如何？"莫言笑答："感觉像雪白的墙。"两人说了三句话，加上相互的一笑，作为背景的黄山和诗，不妨各自美丽着吧，知音之间何须多言？一握、一笑甚至一个眼神就已足够，让诗在离心最近的地方住下来，它就是你的邻居、朋友或者老乡，大家就过着普通人的生活，一粒米充饥，一盏水解渴，平凡、简单从来不是过错，只要真诚地爱着该爱的一切，即便一块无言的石头，也可能贵为黄金。

流连于山水之间，两天来改稿的疲倦一扫而光，双目失明的诗人姜庆乙在弟弟的搀扶下，始终走在队伍的前头；他目不斜视，眼前黑暗正好用心拥抱光明。临近中午，海拔最高的光明顶已近在咫尺，张岩松的手机突然响起来，原来，是高洪波从北京打来的长途，他详细地询问了诗会进展的情况，得知大家正在黄山游览，嘱咐大家一定要注意安全，并再次祝贺诗会圆满成功！这冲顶前的小小插曲，给大家平添了多少欢腾！

光明顶上云海幻为淡淡的烟岚；天都峰、莲花峰威严地耸立在不远不近的夕光里；迎客松伸开欢迎的手臂，站在玉屏楼的门口；门外的云梯下，就是蓬莱三岛仙境和梦笔生花；仿佛一首好诗的点睛之笔。回想常在诗里读到的"啊、啊"的感叹，或许正是诗人们面对美，无法表达时的尴尬吧？在玉屏楼合影过后，大家乘坐索道下山，这时，我发现戴着斗笠的杜涯，手里又多了一顶斗笠。

一路上，我反复想，一个热爱斗笠的诗人，她的根一定还在乡下吧？

5月28日　阴转晴　星期二

早饭过后，我们几个编辑逐一对已修改过的稿件重新审定：参会的诗人们则自由组合，相互传阅稿件；时间紧张也就飞快了，不觉中，阴转晴了，上午也就下午了，待大家在会议室悄悄坐定，晚上的灯光，也就是座谈会的灯光了。这是全体诗人们的公开“研讨交锋”，大家最先谈到胡弦的作品，认为他的诗亲近生活、关切命运，能从日常生活最细微之处，发现写作的亮点：他的语言干净、柔顺，像江南雨后的水草；倘能将诗写得更有层次、更丰富、更具有穿透力，或许离突破和飞跃就不远了。江非来自农村，但军旅生活的经历拓宽了他的视野，他主张诗要介入时代生活，用人文关怀的精神与普通百姓说话，是他力求表达的重点；面对贫困的底层，我开的药方是：清醒、思考、不麻木，再加上一剂“坚决挺住”，说不定就会化腐朽为神奇呢？一见庞余亮就知他是实在人，厚厚的嘴唇不多言语。大卫评价他的诗是，不顾一切地自言自语，甚至有一种破坏性；也许，自言自语惯了，与人交流自然少了；在他的诗里，我读到一种独立思考的光芒和深度，不过，偶尔他的诗也现出疲态。黑陶与哨兵都来自长江南岸，被诗友们戏称为“黑哨”，世界杯就要开打了，他俩谁是主裁或边裁呢？说笑归说笑，他们的诗中都弥漫着浓烈的地域色彩；只不过，黑陶的语言在极度密集的状态下，呈现出冷峭的质感；而哨兵则是在须眉毕现的描写中，传达着热烈的眷念；前者油画般涂抹，与后者工笔样的勾勒，都需要好功夫。四个女诗人，除雨馨之外，名头都不小，沉静的李轻松以一贯的严肃，写着她具有玄秘意义的诗，其生命体验的深度，常令人始料不及；鲁西西爱笑，仿佛开心的事都归了她，她的诗温暖、宁静、善良；那种突然的亮光与延伸感，却总是从那些最平凡、普通的话语中闪现出来，读她的诗，就是一次心灵干净的打扫。杜涯骨子里的朴素、真挚，多像她故乡的庄稼，只有看见泥土深处的根须，才能理解她诗中澄澈的力量，忧郁的气质，辽阔的大气。在我的印象中，雨馨曾写过不少精彩的短诗，这次却以长诗主打，诗中纯真的气韵，灼热的情怀，颇为动人；作为一次精神之旅，她的寻觅和期待是有意义的；她的创作有过中断，但我不怀疑她的才华，坚持对她尤为重要。宽阔的前额，流行的长发，若身子前倾挎一把吉他，你说，魏克像不像腾格尔？他的作品大都可吟可诵，有极强的音乐性；贯穿其中的旋律和节奏，无疑是他倾听、触及的重点：作个行吟诗人也好，把声音降低一些，在情感的节制和内容的扎实方面，再下些功夫，诗就会少一些空泛的感觉了。倾听、思考，在冥想中漫游，大约是姜庆乙做得最多的“营生”，再加上大量的阅读与写作，构成了他精神生活的全部；一个盲人的局限和困境，与他超常的毅力比起来已“退居二线”，用声音写作，以想象走路，心灵的关切与灵魂的崇尚，在诗里自然呈现出来时，是他与世界自由的对话和交流，他是盲人，也不是盲人，站在光明与黑暗的界线，他看到我们看不到的东西，想到我们很少去想的问题，所以，我要向他致敬！至于他诗语言、诗技巧，以及内容领域方面存在的局限和问题，他会逐步完善的，我相信他。将刘春、张岩松的作品作一比较，那殊途同归的感觉颇耐人寻味：像大地上的两棵树，人们一眼认出他们，不是因为枝叶或花朵，也不是因为直面风雨时的孤傲或谦卑，而是因为他们的根。无论泥土还是岩石，因了不同的选择，深藏和裸露，都符合生存法则。刘春的诗，属于好枝叶、好花朵、好智慧的果实；张岩松的诗，则是有意忽略这些，不要宁静、和谐的美，宁可出其不意地露出锋芒，命令粗粝的棱角说话；当他们的根在深处相握，我要说出自己的告诫：太熟则滥，太生则硬，路还长，好生珍重。最后说到张祈，他的一首《遥远岁月的中国》引起了小小的争论和关注。一些诗友认为，要写颂歌，须先写悲歌；对这类重大题材须心存敬畏，不敢轻易去写。张祈在表述了创作这首诗的一些想法后，说：“这类主题现在青年诗人很少去碰，是太难写？还是认识上存在误区？”他认为这首诗是他近年来最投入，最真诚，也最满意的作品，是值得去写的。我当即也表示了自己的看法，认为对祖国、人民这些宏大但却实际上非常具体而有意义的主题，不应采取回避绕开态度，那种暧昧的，下意识拒绝，固然是对曾经有过的“公式化的颂歌”的警觉，也未尝不形成一些新的束缚。祖国，应该是每一个优秀诗人心中最神圣的情感的一部分，古今中外的大诗人们，大都为此讴歌，并不断有佳作传世。写什么是重要的，而怎样去写更为重要，倘若将争论的重点放在后者，这种争论才有实际意义。不加分析，一概漠视这类作品存在的必要，不是麻木，就是偏见。我看重张祈这首诗，也许不是典范之作，但他真诚地去写了，对于年轻诗人而言，已经十分可贵。

诗会期间，张岩松（左）与刘春亲密合影

散会时，已是深夜十二点五十分，两位诗友与我再次谈起这首诗，我知道，我没有说服他们，我累了，想休息，只好把话说远了去：你们都还年轻，也许再过几年，十几年，对这个问题会有新的感受，如

诗会期间，与会者合影。左起：胡弦、魏克、张祈、大卫、李小雨、《文艺报》记者、梁小斌、哨兵、李轻松、姜庆乙、周所同、不知名者、黑陶

果想通了，如果那时我还在，就打个电话过来，好不好？不管如何，面对一首诗坦诚布公地争论，是十分有意义的，除了热爱和信赖，有谁还愿如此执着呢？

5月29日　小雨　星期三

今天是诗会的最后一天，在雨声山岚的环抱中，全体诗友汇聚一堂，举行了“青春诗会”的闭幕式。大家一致认为，这次诗会开得非常成功，写下了一大批有浓郁生活气息、有时代感、手法风格各异的优秀之作，它体现了当代青年诗歌创作的较高水平，也必将对未来的创作走向有更多的启示意义。公正、团结、朝气，相信这次诗会，能在诗人创作生涯中起到深远的影响，在诗歌史上留下它闪光的足迹。

李小雨在讲话结束时，借用梁小斌的一句话，说：“青春诗会最大的收获是产生了困惑。”困惑是什么？她没有说，相信每个与会的诗人能体会到其中的深意。因为，只有感到困惑的人，他才可能是冷静而清醒的，也才有可能是继续前行的。

在谈到当前的诗歌状况、发展前景以及各地诗歌态势时，诗人们都感到，当前的诗歌形势发展是好的：读者群体在不断扩大，诗歌流派也逐渐增多，一批成名的诗人，依然保持着活跃的创作态势，年轻有为的新人成批涌现，尤其是网络的出现，给诗歌的发表和阅读打开了新的窗口，其交流传播的速度很快，互动性也很强。另外，许多传媒也开始关注诗歌，这一切都是十分可喜的现象。同时，诗人们就诗歌创作与日常生活、与时代、与宗教的关系及女性诗歌等问题，进行了深入的探讨，并对《诗刊》的发行，建立《诗刊》网站等，提出许多建设性意见。几天来与大家“同吃、同住、同劳动”的梁小斌，依然很思考、很哲学、很深刻地就诗人与世界的关系，诗人如何建立自己的思考体系，如何加强学习，提高自省能力，在创作中如何确立基本方向，以及语言与词组的关系，想象与领悟的区别，诗歌写作的学术化等问题，发表了深思多年的看法，使人深受启发……

下午，在如烟如雾的细雨中，诗人们漫步在西递民居的石板小街上，古朴的粉墙、青瓦，极富想象的翘脊飞檐，高大的石牌坊，再加上古砚、石雕、诗书字画的店铺，仿佛一卷展开的古色古香的诗书，或是一部悠远的典籍，在一片片秧田和蛙鸣的背后，我想到了传统、自然与诗的许多有关问题，只是，这时有村妇向我递上一把花伞，要我买，不想也罢。

夜深了，窗外的雨还在下着，不大，不停，像两个很熟的人说着闲话：在分别的前夜，诗友们好像都不愿入睡，三三两两聚在一起，谁都不愿说出“告别”二字，但谁都知道自己正在惜别着什么：我也在心中默默地祝福着大家：在你们人生和诗歌道路上，少一些风雨坎坷，再见！各位诗友，一路走好……

2002年6月追记

第十九届

第十九届（2003 年）

时间：

2003 年 11 月 19 日 ~ 23 日

地点：

广东深圳

指导老师：

林　莽、蓝　野、李志强

参会学员（16 人）：

北　野、雷平阳、路　也、哑　石、王夫刚、桑　克、沙　戈、苏历铭、胡续冬、黑　枣、三　子、蒋三立、谷　禾、宋晓杰、谭克修、崔俊堂

第十九届“青春诗会”参会学员合影。前排左起：哑石、黑枣、路也、宋晓杰、沙戈、苏历铭、雷平阳、谭克修；后排左起：崔俊堂、三子、北野、谷禾、蒋三立、王夫刚（桑克、胡续冬因病、因事未出席）

诗人档案

北野（1963～ ），全名刘北野，生于陕西，长于新疆，现居山东威海。中国作家协会会员。著有《马嚼夜草的声音》《黎明的敲打声》《在海边的风声里》等诗文集六部。《马嚼夜草的声音》入选“21世纪文学之星”丛书1999～2000年卷·诗歌卷。鲁迅文学院首届中青年作家高级研讨班学员（2002）。曾参加第十九届“青春诗会”（2003）。曾获新疆维吾尔自治区政府首届天山文艺奖（2003）和《诗刊》社第二届华文青年诗人奖（2004）。

天山北麓的一场大雨

北　野

一夜豪雨
山洪翻过河床和大石头　汹涌而下
带着喜讯和破坏的力量

油菜花旁的养蜂人
钻出漏雨的帐篷　察看彩虹
用树枝抽打浸水的蜂箱

玛纳斯平原的每一条道路都闪着水光
戈壁滩上的防渗渠　刀口一样
灌满了大地的血浆

草丛中的一只旱獭踮起脚尖向四周眺望
啊！沙枣花的香气和蜜糖

已被雨水冲到远方

混合着羊粪、牛尿和卡车司机的野尿
它们将形成下一个绿洲和未来世纪
经典的养料

天山北麓的一场大雨

一夜暴雨
山洪翻過河床和大石頭 汹涌而下
帶着喜訊和破壞的力量

油菜花旁的養蜂人
鉆出漏雨的帳篷 察看彩虹
用樹枝抽打浸水的蜂箱

瑪納斯平原的每一条道路都閃着水光
戈壁灘上的防滲渠 刀口一样
灌滿了大地的血漿

草丛中的一只旱獭踮起脚尖向四周眺望
啊 沙枣花的香氣与蜜糖
已被雨水冲到遠方

混合着羊粪 牛屎和卡車司机的野尿
它們将形成下一個绿洲和未来世纪
經典的養料

2003年6月30日 北野写於乌鲁木齊
2020年6月應詩刊社之約重抄

诗人档案

雷平阳（1966~　），云南昭通人。写作者。出版诗歌、散文集三十多部，曾获《人民文学》奖、《诗刊》年度奖、《十月》文学奖、华语传媒大奖诗歌奖、钟山文学奖、花地文学排行榜诗歌金奖和第五届鲁迅文学奖等奖项。现居昆明。

亲　人

雷平阳

我只爱我寄宿的云南，因为其他省
我都不爱；我只爱云南的昭通市
因为其他市我都不爱；我只爱昭通市的土城乡
因为其他乡我都不爱……

我的爱狭隘、偏执，像针尖上的蜂蜜
假如有一天我再不能继续下去
我会只爱我的亲人——这逐渐缩小的过程
耗尽了我的青春和悲悯

我只愛我寄宿的雲南因為其他
省我都不愛
我只愛雲南省的昭通市因為
其他市我都不愛我只愛昭通
市的土城鄉因為其他鄉我都不愛
我的愛狹隘偏執像針尖上的蜂蜜
假如我再也不能繼續下去
我會只愛我的親人這逐漸
縮小的過程耗盡了我的青春和
悲憫

庚子夏錄舊作親人
平陽於昆明

诗人档案

路也（1969~　），女，山东洛南人。现为济南大学文学院教授。2003年参加《诗刊》社第十九届“青春诗会”。已出版诗集、散文随笔集、中短篇小说集、长篇小说和文学评论集等共二十余部。获奖若干。现主要从事诗歌和散文的创作，兼及创意写作、中西诗歌比较和编辑出版等方向的研究。

祝　你

路　也

祝你脱轨，逃离，中途下车
不辞而别
离开队伍，那以三围尺寸为序
排座座吃果果的队伍
祝你卑微，被弃绝
即使擦身而过
也无人相识
祝你成为少数，极少数
成为巨大的个别
祝你孤独，铁树开花
祝你越来越孤独，孤独到翻身得解放
孤独到天地悠悠
看见自己的命运
祝你行走旷野只为一朵云而活
除了天空，谁都无权裁决

祝你

路也

祝你脱轨，逃离，中途下车
不辞而别
离开队伍，以三围为序
排座座吃果果的队伍
祝你单纯，被弃绝
即使擦肩而过
也无人相识
祝你成为少数，极少数
成为巨大的个别
祝你孤独，铁树开花
祝你越来越孤独，孤独到
翻身得解放
孤独到天地悠悠
看见自己的命运
祝你行走旷野
只为一朵云而活
除了天空，谁都无权裁决

2020.6.

诗人档案

哑石（1966～　），四川广安人。现居成都。1990年开始诗歌创作。参加过《诗刊》社第十九届“青春诗会”。获奖若干。出版诗集《哑石诗选》(2007)、《如诗》(2015)、《火花旅馆》(2015)、《Floral Mutter》(《花的低语》中英双语，2020)等。

恍惚的绝对

哑　石

午后，慵懒。想思考的事没有进展。
干脆下楼买烟。穿过小区树荫，
三次，左拐接绿道右拐，望见一扇大门。

我不会自恋到赞同你说我是隐士，
抽烟，毕竟已暴露恶习。

一个人，虔诚地经历生死，甚至遭遇
奇迹。这，不是啥子了不得的事。
不过，仔细想想，也还是有点惊天动地吧。

困顿之体忽忽新矣。想思考的事，
开始用水晶的几何结构凝聚潮湿。

那乱跑又忘情的事多么美！
买烟上楼回家。电梯口，遇到一对母女，
母亲已没腰身，小女儿葱绿三岁。

女儿笑盈盈说：“叔叔，要排队。”
电梯轿厢嗤嗤响，施施然上下来回。

但它，不是理性清澈的疯汉，
水晶的笑意是。我笑着和孩子排队，
泥壳般腰身，半个光锥，内陷，开始呼吸。

恍惚的绝对

哑石

午后，慵懒。想思考的事没有进展
干脆下楼买烟。穿过小区树荫，
三次，左拐接续道右拐，望见一扇大门。

我不会自恋到赞同你说我是隐士，
抽烟，毕竟已暴露恶习。

一个人，虔诚地律动生死。甚至遭遇
奇迹。这，不是啥子了不得的事。
不过，仔细想想，也还是有点惊天动地吧。

困顿之体忽忽新矣。想思考的事，
开始用水晶的几何结构凝聚潮湿。

那孤绝又忘情的事多么美！
买烟上楼回家。电梯口，遇到一对母女，
母亲已没腰身，小女儿葱绿三岁。

女儿笑盈盈说：“叔叔，要排队。”
电梯轿箱嗤嗤响，旋旋地上下来回。

但它，不是理性清澈的疯汉，
水晶的笑意是。我笑着和孩子排队，
洗壳般腰身，半个光锥，内临，开始呼吸。

（2016-3-18）

诗人档案

王夫刚（1969～ ），生于山东省五莲县。诗人。著有诗集《诗，或者歌》《粥中的愤怒》《正午偏后》《斯世同怀》《山河仍在》《仿佛最好的诗篇已被别人写过》和诗文集《落日条款》《愿诗歌与我们的灵魂朝夕相遇》等。曾参加《诗刊》社第十九届“青春诗会”。获过齐鲁文学奖、华文青年诗人奖、柔刚诗歌奖、阮章竞诗歌奖、《十月》诗歌奖和《广西文学》年度作品奖等奖项。中国作家协会会员。

布尔哈通河

王夫刚

布尔哈通河的夏日，水上漂着北方。
布尔哈通河的夏日，彼岸
埋着婉容。金达莱是鲜花
也是无须国籍的歌声
唤醒早春：那任性的孩子还在奔跑
那任性的天空，就要下雨。
教科书上的布尔哈通河
流经少年的作文，以母亲河的
身份——那时他还不知道
每一条河流，都有一个
源头；每一条河流，都有自己的子嗣
要在哈尔巴岭的深山清泉中
遇见两个人的微微一笑
需等 30 年：谁在故乡完成自身的

流淌，谁将在故乡之外
永远做客。布尔哈通河的夏日
楼房高过柳树，少年却已
回不到桥上，雨过天晴
爱是布尔哈通河，也是布尔哈通河流域
花开花谢，监狱出身的剧院曲终人散。

布尔哈通河

王夫刚

布尔哈通河的夏日，水上漂着北方。
布尔哈通河的夏日，彼岸
埋着婉容。金达莱是鲜花
也是无需国籍的歌声
唤醒早春。那任性的孩子还在奔跑
那任性的天空，就要下雨。
教科书上的布尔哈通河
流经少年的作文，以母亲河的
身份——那时他还不知道
每一条河流，都有一个

源头：每一条河流，都在自己的子嗣
要在哈尔巴岭的深山清泉中
遇见两个人的微微一笑
需等70年：注在故乡完成自身的
流淌，谁将在故乡之外
永远做客。布尔哈通河的夏日
楼房高过柳树，少年却已
回不到桥上，雨过天晴
爱是布尔哈通河，也是布尔哈通河流域
花开花谢，监狱出身的剧院曲终人散。

二〇一四年四月

诗人档案

桑克（1967~　），生于黑龙江省密山。1985年考入北师大中文系。2003年参加《诗刊》社第十九届"青春诗会"。著有《桑克诗选》《桑克诗歌》《桑克的诗》《冬天的早班飞机》《朴素的低音号》等。获得过刘丽安诗歌奖、《人民文学》诗歌奖、中国诗人奖等奖项。

暴风雪结束了，听说新的暴风雪即将来临……

桑　克

暴风雪，
我竭力发现你的滑稽，
你的乐趣。
还有谁发自肺腑地喜欢
你的坏脾气？
掀翻饭桌、汽车和人。
我在小说里轻描淡写的约会
在诗里还是。
这样的黑暗
使无所谓的黄灯
变成象征。
又一次点燃的绝望之烬
究竟是靠什么？
雪的欲望越来越深。

把斗争的勇气
全部转换成
拍照的热情。
冷漠我接受，
小范围的问候我接受。
暴风雪难以下咽。
雪的折磨
多少是喜剧性的。
越看越好笑。
只要不是骨折，
我听见的全是真正的笑声。
雪摸成了黑镜。
结束了。
干冷就是干巴巴的冷。
羽绒服长翅膀飞了。
又一茬雪讯
更改明日的报纸标题。
丢弃校对的花镜吧。
新的暴风雪还能有什么新的花样？
地震助演
反而让人吃惊。

暴风雪结束了，听说新的暴风雪即将来临……

桑克

暴风雪，
我竭力发现你的滑稽，
你的年龄。

还有谁发自肺腑地喜欢
你的坏脾气？、
掀翻饭桌、汽车和人。

我在小说里
轻描淡写的约会
在诗里还是。

这样的黑暗
使无所谓的黄灯
变成象征。

又一次点燃的绝望之烟
究竟是靠什么？
雪的欲望越来越深。

把斗争的勇气
全部转换成
拍照的热情。

冷漠我接受，
小花园的问候我接受。
暴风雪难以下咽。

雪的折磨
多少是喜剧性的。
越来越好笑。

只要不是骨折，
我听见的全是真正的笑声
雪换成了黑镜。

结束了。
干冷就是干巴巴的冷。
羽绒服长翅膀飞了。

又一茬雪讯
更改明日的报纸标题。
丢弃校对的花镜吧。

新的暴风雪
还能有什么新的花样？
地震助演
反而让人吃惊。

二〇一三年十一月二十八日 十二时五十二分

诗人档案

沙戈（1966~　），女，回族，河北遵化人。现居甘肃。中国作家协会会员。著有诗集《梦中人》《沙戈诗选》《尘埃里》《夜书》，散文集《开始我们都是新的》。作品刊于《人民文学》《诗刊》《星星》《十月》等刊物。作品入选多部中国年度精选集及各类诗歌选本。有作品翻译到国外。获敦煌文艺奖、黄河文学奖、《诗刊》优秀作品奖等奖项。参加《诗刊》社第十九届"青春诗会"。

甘南的星星

沙　戈

这些反光的事物
被夜空磨碎的岩石
黑夜　还揉碎了一颗孤寂的心

我不敢再往深处走了
那些隐藏的闪电
星星与星星炙热的爱
让我却步

我不敢
离水太近
那是岩石流下的泪啊
哗啦哗啦
像要弄疼我的心

我不敢

再看星星的眼睛

那眼神太像牛的　羊的　以及

陡壁上那只蹲着的

鹰的

甘南的星星

冰戈

这些仅存的事物
被夜空磨碎的岩石
曾经 还撞碎了一颗孤寂的心

我不敢再纪录过去了
那些隐藏的闪电
星星与星星滚热的爱
让我却步

我不敢
离水太近
那是岩石流下的泪啊
哗啦哗啦
像要弄疼我的心

我不敢
再看星星的眼睛
那眼神太像牛的　羊的　以及
陡壁上那些蹲着的
鹰的

诗人档案

苏历铭（1963~　），出生于黑龙江省佳木斯市。毕业于吉林大学，留学于日本筑波大学、富山大学。1983年开始公开发表作品。参加《诗刊》社第十九届“青春诗会”。著有《田野之死》《有鸟飞过》《悲悯》《开阔地》《青苔的倒影》《苏历铭诗选》等诗集，《细节与碎片》等随笔集。

在希尔顿酒店大堂里喝茶

苏历铭

富丽堂皇地塌陷于沙发里，在温暖的灯光照耀下
等候约我的人坐在对面

谁约我的已不重要，商道上的规矩就是倾听
若无其事，不经意时出手，然后在既定的旅途上结伴而行
短暂的感动，分别时不要成为仇人

不认识的人就像落叶
纷飞于你的左右，却不会进入你的心底
记忆的抽屉里装满美好的名字
在现在，有谁是我肝胆相照的兄弟？

三流钢琴师的黑白键盘
演奏着怀旧老歌，让我蓦然想起激情年代里那些久远的面孔

邂逅少年时代暗恋的人
没有任何心动的感觉，甚至没有寒暄
这个时代，爱情变得简单
山盟海誓丧失亘古的魅力，床笫之后的分手
恐怕无人独自伤感

每次离开时，我总要去趟卫生间
一晚上的茶水在纯白的马桶里旋转下落
然后冲水，在水声里我穿越酒店的大堂
把与我无关的事情，重新关在金碧辉煌的盒子里

在希尔顿酒店大堂里喝茶

富丽堂皇地塌陷于沙发里，在温暖的灯光照耀下
等候约我的人坐在对面

谁约我做已不重要，商道上的规矩就是倾听
若无其事，不经意时出手，然后在既定的旅途上结伴而行
短暂的感动，分别时不要成为仇人

不认识的人就像落叶
纷飞于你的左右，却不会进入你的心底
记忆的抽屉里装满美好的名字
在现在，有谁是我肝胆相照的兄弟？

三流钢琴师的黑白键盘
演奏着怀旧老歌，让我想起激情年代里那些久远的面孔
邂逅少年时代暗恋的人

没有任何心动的感觉，甚至没有寒暄
这个时代，爱情变得简单
山盟海誓丧失亘古的魅力，床笫之后的分手
恐怕无人独自伤感

每次离开时，我总要去趟卫生间
一晚上的茶水在纯白的马桶里旋转下落
然后冲水，在水声里我穿越酒店的大堂
把与我无关的事情，重新关在金碧辉煌的盒子里

苏历铭

诗人档案

黑枣（1969~ ），原名林铁鹏。福建漳州人。参加《诗刊》社第十九届“青春诗会”。获第八届华文青年诗人奖。已出版诗集《诗歌集》(合集)、《亲爱的情诗》、《小镇书》、《亲爱的角美》，散文随笔集《12·21》(与妻子合著)。

锄 头

黑 枣

锄头在我手中，像一尾长了翅膀的蛇
随时都要飞出去
我笨拙地指挥它向东，它却偏偏往西
乡间的风催着它飞速地长大
变粗、变重……
我渐渐追不上它的脚步
我总感到，它一定是要在遥远的天边
掘一个坑
把自己重新种植成一棵茁壮的树

锄头

黑枣

锄头在我手中，像一尾长了翅膀的蛇
随时都要飞出去
我笨拙地指挥它向东，它却偏偏往西
乡间的风催着它飞速地长大
变粗、变重……
我渐渐追不上它的脚步
我总感到，它一定是要在遥远的天边
掘一个坑
把自己重新种植成一棵茁壮的树

载于2003.11下半月《诗刊》第十九届青春诗会专号
抄于2020年6月15日.

诗人档案

三子（1972~　），男，本名钟义山，江西瑞金人。中国作家协会会员。2003年参加《诗刊》社第十九届“青春诗会”。出版有诗集《松山下》《镜中记》。

灯盏下的村庄

三　子

不要随便谈论春天，它的斜坡和灌木丛
以及含在口中的一支灯盏。不要随便
在村庄走动——即使是白天，也要将脚步
放轻，不要惊动一块石头、一棵树下
安睡的灵魂。五岁那年的春天
我光着脚板，和母亲一起参加了第一个葬礼
一个邻居，在即将插秧的时候死了
大家都在哭，但并不过分悲伤
母亲说：“又一个老人要到山冈上睡了。”

又一个人要到山冈睡了。人们停止了
哭泣，踩着各自的来路回家
每一块石头和每一片树叶，自有我所未知的
影子，在暗处静静地与之对视

二十五年过去了，我已记不起那个
逝者的名字，灯盏下却总浮现出一个春天
安寂、隐忍的面容。灌木还在生长
斜坡在光的背面拉长——灯盏之下
不要随便谈论村庄，你在村庄谈论的
必在不远的山冈听见

灯盏下的村庄

三子

不要谈论春天，它的斜坡和灌木丛
以及含在叶中的一支灯盏。不要随便
在村庄走动——即使是白天，也要将脚步
放轻，不要惊动一块石头、一棵树下
安睡的灵魂。三岁那年的春天
我光着脚板，和母亲一起参加了第一个葬礼
一个邻居，在田埂插秧的时候死了
大家都在哭，但并不过分悲伤
母亲说："又一个老人要到山冈上睡了。"

又一个人要到山冈睡了。人们停止了
哭泣，踩着各自的来路回家

每一块石头和每一片树叶，都有我所未知的
影子，在暗处静静地与之对视
二十五年过去了，我已记不起那个
村落的名字，灯盏下却总浮现出一个老去
农家、暗黑的面容。灌木还在生长
斜坡在光的背面拉长——灯盏之下
不要说话或打扰，它在村庄说话的
地方不远的山间听见　　（诗刊2003年11月“十九届青春诗会专号”）

诗人档案

蒋三立（1963～　），出生于湖南永州。中国作家协会会员。1984年开始发表作品，曾在《诗刊》《人民文学》《人民日报》等报刊发表诗歌和诗论文章七百多首（篇），有诗作入选《中国年度最佳诗歌》《中国年度诗歌》《诗刊60年诗选》等六十多个选本。参加过《诗刊》社第十九届“青春诗会”和第八届《诗刊》社“青春回眸”诗会。获诗歌奖多项。著有诗集《永恒的春天》《在风中朗诵》《蒋三立诗选》《岁月的尘埃》等，有作品被译成英文、法文等文字推介到国外。

亲　人

蒋三立

一辆夜行的列车穿过了深夜里的小桥
绕过了村庄的沉静和战栗
在墓地边“哐呛——哐呛”地爬坡
在苍茫的夜里，我死去的父亲
您是不是那草丛中惊起的飞蛾和萤火
看看正在减速的列车
那一排排长长的灯光下
一张张疲倦的脸，虽然不怎么生动
但真实得像您的亲人

亲人

蒋三立

一辆夜行的列车穿过了深夜的小桥
绕过了村庄的沉静和战栗
在墓地边"哐哧——哐哧"地爬坡
在苍茫的夜里，找死去的父亲
您是不是那草丛中惊起的飞蛾和萤火
看看正在减速的列车
那一排排长长的灯光下
一张张疲倦的脸，虽然不怎么生动
但真实得像您的亲人

2006.7.

诗人档案

谷禾（1967~ ），出生于河南农村。二十世纪九十年代初开始写诗并发表作品。著有诗集《飘雪的阳光》《大海不这么想》《鲜花宁静》《坐一辆拖拉机去耶路撒冷》《北运河书》和小说集《爱到尽头》等多种。曾获华文青年诗人奖、《诗选刊》最佳诗人奖、《扬子江》诗学奖、刘章诗歌奖、《芳草》汉语诗歌双年十佳等奖项。曾参加《诗刊》社第十九届“青春诗会”。

唐朝来信

谷　禾

一路走过千山万水
它带上了草木的气息
使者的体温和汗味
因为途中的一次变故
它遇上匪患，信封之内
那些文字，惊惶，无助
毫无疑问地，它一次次
想到了死，火的舔舐
水的浸渍，被黑暗胃囊分解。
……星期一，我坐于窗前
看窗外楼群如众山汹涌
雾霾里的绿植比雪更虚无
一群疾飞的渡鸦，在冷冽
空气中，模拟星际穿越

当灯光安静下来，纸的喘息
分外刺耳，你的手写体
如屋瓦上的燕子，带来天空中
离散和挣扎的云朵
而用一首诗或一则传奇来呈现
时间是不够的，虚构的瘦马
颤抖着筋骨，从纸张深处走来——
你用狼毫述说的一切，不外乎
孤单岁月的回忆——它模糊，
不确指未来任何固定的日子
寒流的侵袭，如不同年代的爱
我的痛惜在于，以前从未留意
山水间，更多消失的驿站

唐朝来信

岩禾

一路走过千山萬水
它带上了草木的氣息
使者的体温和汗味
因为途中的一次变故
它遇上了匪患，信封之内
那些文字，惊惶，无助
毫無疑問地、一次次
想到了死，火焰的舔舐
水的浸渍，被黑暗的胃分解。
星期一，我坐于窗前
看窗外建筑，如群山巍峨
雪霜下的绿植 比雪更虚无
一群疾飞的渡鸦，在冷冽
空气中，模拟穿越时空

当灯光安静下来，纸的喘息
分外刺耳，你的手写体
如屋瓦上的燕子，带来天空
离散和诗人的云朵、
用一首诗和一则传奇去呈现
是不够的，雅韵的瘦马
颈挂着筋骨，孤独地走来——
你用宣纸述说的一切
不外乎孤单岁月的回忆
它模糊，不指向未来某一日
寒流的侵袭如不同时代的爱
我的痛惜只在于，以前从未
踏遍山水间，那更多消失的驿站
2017年

诗人档案

宋晓杰（1968~　），女，生于辽宁盘锦。已出版各类文集二十余部。中国作协会员。曾参加《诗刊》社第十九届“青春诗会”。曾获第二届冰心散文奖、第六届全国散文诗大奖、首届《扬子江》诗刊奖、三次获得辽宁文学奖。儿童文学作品入选“2010年向全国青少年推荐百种优秀图书”“2016年全国最美绘本”“新浪微博童书榜2016年度十大好书”“2019年桂冠童书”和第一届“公众最喜爱的十本生态环境好书”（2020年）。两获“冰心儿童图书奖”（2009年、2016年）。

暮晚的河岸

宋晓杰

这河流、这土地，又长了一岁
对于浩荡的过往来说，约等于无
三月，空无一人的河岸
没有摇动的蒿草、旗幡和缠人的音乐
也没有失魂落魄的小冤家要死要活
高架桥郁闷着，怄着气，生着锈
晚霞如失火的战车，轰鸣而下
并不能使冰凉的铁艺椅
留住爱情的余温

这个时候，积雪行至中途
而河滩的土，又深沉了几分
真的，我不能保证
倒退着走，就能回到从前

三月的小阳春，不过是假象
余寒，依然撬得动骨头
空风景干净、清冽，没有念想
如十字路口那一摊尚未燃尽的纸灰
正慢慢降下体温，不知在怀念谁

暮晚的河岸

宋晓杰

这河流、这土地，又长了一岁
对于浩荡的过往来说，约等于无
三月，空无一人的河岸
没有摇动的蒿草、旗幡和乡里人的音乐
也没有失魂落魄的小冤家要死要活
支架桥都闲着，怄着气，生着锈
晚霞如失火的战车，轰鸣而下
并不能使冰凉的铁长椅
留住爱情的余温

这个时候，积雪已行至中途
而河滩的土，又深沉了几分
真的，我不能保证
倒退着走，就能回到从前

三月的小阳春，不过是假象

余寒，依然撬得动骨头

谷风景千篇、清冽，没有念想

如十字路口那一摊尚未燃尽的纸灰

正慢慢降下体温，不知在怀念谁。

2009年3月1日.

诗人档案

谭克修（1971～　），生于湖南隆回古同村。现居长沙。二十世纪八十年代末学写诗。参加过《诗刊》社第十九届“青春诗会”。曾先后获得民间巨匠奖、中国年度诗歌奖（2003），《十月》诗歌奖，首届昌耀诗歌奖、中国独立诗歌奖特别大奖、2017年度批评家奖等奖项，被评为1986~2006中国十大新锐诗人、新世纪中国十大先锋诗人。著有诗集《三重奏》。

蚂蚁雄兵

谭克修

夕阳将高压线塔的影子不断拉长
以迎接一支闷热的蚂蚁雄兵
它们从古同村长途跋涉而来
历经四十年，才在无人问津的
洪山公园，找到新的巢穴
这些二维生物，视力一直没有进化
看不见三维空间投来的眼神
它们根据经验判断
云朵将在今夜完成一次集结
它们沿着高压线塔的影子，一路往西
它们不知道，自己的爬行
正在使地球反向转动
在高维度空间弄出了巨大声响

蚂蚁雄兵

夕阳将高压线塔的影子不断拉长
以迎接一支闷热的蚂蚁雄兵
它们从古冈村长途跋涉而来
历经四十年，才在无人问津的
燕山公园，找到新的巢穴
这些二维生物，视力一直没有进化
看不见三维空间投来的眼神
它们根据经验判断
云朵将在今夜完成一次集结
它们沿着高压线塔的影子，一路往西
它们不知道，自己的爬行
正在使地球反向转动
在高维度空间弄出了巨大声响

谈骁书

诗人档案

崔俊堂（1969~ ），字元杰，生于甘肃通渭苦水河畔。中国作家协会会员、中国书法家协会会员、中国人民大学艺术学院书法研究生。2003年参加《诗刊》社第十九届“青春诗会”。获甘肃《飞天》十年文学奖（两次）、甘肃黄河文学奖。著有诗集《谷风》《谷地》，散文诗集《尘祭》，随笔集《书道漫笔》。诗作入选数种中国诗歌精选本。书法作品入选国家、省级数项展览。

亲 人

崔俊堂

在村东头住着我的亲人
在村西头埋着我的亲人
他们用过同一匹布的粗衣衫
被大风吹得皱皱巴巴
被白日头晒得黄里浸黑

出门喊声娘的，骨子里的亲人
崖畔上对歌的，花苞里的亲人
黄土里深埋的，上几辈子的亲人
亲人啊，几截黑木炭
承受着太阳的鞭子和血

远在山乡的亲人
雪中送炭的亲人

今夜，我回到村子里
星星点灯，船样的伤疤
叫我远航时看到生活的烙印

亲　　人

范俊堂

在村西头住着我的亲人
在村西头埋着我的亲人
他们用过同一匹布的粗衣衫
被大风吹得皱皱巴巴
被太阳晒得黄里透黑

出门喊爹娘的，窗子里的亲人
崖畔上挖野菜的，菜篮里的亲人
黄土里深埋的，只算骨子的亲人
亲人啊！穿戴黑木屐
承受着太多的鞭子和血

远在心头的亲人
雪中送炭的亲人
乡亲、我回到村子里
重重皱纹、船样的伤疤
总会远行时看到生活的烙印

原载 2014.2《飞天》

第十九届"青春诗会"侧记

林　莽

以一种新的方式展示于诗坛第十九届"青春诗会"，提前一年广泛征稿、历时半年层层筛选，先发刊、后开展诗歌活动的方式，将使参加本届青春诗会的一批优秀青年诗人和他们的作品得到社会各界更充分的了解与认知。

青春诗会是新时期以来诗歌进步的重要标志。开放、宽容、尊重新诗发展规律，看重诗歌艺术本身，它凝聚着文学界千万期待的目光。

中国新诗一直是"五四"新文化运动以来的文化焦点，承载了许多沉重和些许无奈。八十年的蹒跚学步，八十年的栉风沐雨，在文化流变的时间长河里，几代诗人共同编织着中国新诗的桂冠。

当下诗坛百家争春。编辑部同仁如《诗刊》本身一样，是以海纳百川的心胸，怀着对艺术的敬畏之心，一遍遍遴选着本届青春诗会推荐和自荐的近200份稿件。最终选定的诗稿是一批注重诗歌本质，既不漠视传统价值，而又具现代性的诗歌作品。所谓的现代性在这十几位青年诗人这里不是肤浅的、表层的和形式主义的，而是建立在人类普遍精神上的诗性诉说。

这些诗作从细微处凸现个人情感经验，从内在中表达了诗人们的悲悯、爱恋和忧患的社会情怀。它们摈弃空洞，远离低俗，各具异彩

诗会期间，诗人们在深圳大学朗诵会现场

而又丰厚沉实。我们相信，这些作品一定为广大读者带来心灵的惊喜。

翻检近200份来稿，我们发现来稿者多为诗坛风头正劲的青年诗人，许多人仅仅是因为某些不足而落选。为了弥补缺憾，让参与者的优秀作品有机会得到更多的展示，我们还设计了一个“第十九届‘青春诗会’参选诗人作品精选”栏目，选出了几十位参选诗人来稿中的优秀之作，将陆续在近期刊物中刊发，也请广大读者关注。

“青春诗会”的意义根本所在是一种展示，在这里我们看到的也只能是一座富矿的一角，已然气象万千的中国新诗正迎候着更多的诗人！

2003年12月